光文社文庫

長編時代小説

出入物吟味人

日暮左近事件帖

『無明暗殺剣　日暮左近事件帖』改題

藤井邦夫

光　文　社

※本書は、二〇一〇年二月に廣済堂文庫から刊行された「無明暗殺剣　日暮左近事件帖」を改題し、本文の文字を大きくした上で、さらに著者が加筆修正したものです。

目次

プロローグ……9
第一章　銀の香炉……20
第二章　赤い蜘蛛……71
第三章　青い死煙……131
第四章　黒の殺戮……193
第五章　白い記憶……255
エピローグ……351

鬼子母神
法明寺
高田馬場
板橋宿へ
江戸川
雑司ヶ谷
護国寺
早稲田村
音羽
日光御成街道
江戸川橋
大塚
巣鴨
赤城明神
御納戸町
石切橋
松平越前守屋敷
若宮八幡宮
神楽坂
切支丹坂
御薬園
小日向馬場
中山道
牛込御門
番町
傳通院
小石川
神明宮
白山
小石川御門
水戸徳川家
駒込
春日町
水道橋
千駄木御林
駒込追分
猿楽町
神田川
本郷
加賀前田家
根津権現
道灌山
富士見坂
霊雲寺
日暮里
神田大明神
門前町
池之端仲町
不忍池
湯島天神
昌平橋
弁天
明神下
妻恋坂
根岸
谷中本村
東叡山寛永寺
花房町
外神田
下谷広小路
神田
和泉橋
佐久間河岸
神田相生町
下谷金杉町
御徒町
下谷山崎町
柳原土手
向柳原
三味線堀
広徳寺
両国広小路
幡随院
下谷竜泉寺町
甚内橋
浅草橋
千住大橋
阿部川町
柳橋
両国橋
新吉原
新堀川
御蔵前片町
日本堤
東本願寺
御蔵前通り
隅田川
回向院
御蔵前
日光道中
御竹蔵
御米蔵
首尾の松
浅草広小路
小塚原
浅草寺
山谷町
本所
駒形町
雷門
新鳥越橋
山谷堀
御厩河岸之渡し
花川戸町
聖天町
南割下水
浅草駒形堂
竹町之渡し
吾妻橋
今戸橋
今戸町
白鬚之渡し
源森橋
中之郷瓦町
源森川
小梅村
竹屋之渡し
三囲稲荷
向島墨堤
長命寺
木母寺
隅田村
北割下水
大横川
法恩寺橋
業平橋
寺島村

荒川
熊谷
宝登山
赤浜
寄居
鴻巣
中山道
松山
桶川
秩父
武蔵
上尾
川越
川越街道
大井
大宮
吾野
所沢街道
浦和
膝折
蕨
白子
青梅街道
田無
下練馬
甲府
青梅
荒川
八王子
内藤新宿
板橋
中野
布田
甲州道中
府中
高井戸
日本橋
石切町
四谷御門
平川町
麴町
市谷御門
中之橋
溜池
千鳥ヶ淵
赤羽橋
半蔵御門
西之御丸
田安御門
虎之御門
清水御門
増上寺
新シ橋
外桜田御門
雉子橋御門
和田倉御門
江戸城
南町奉行所
一橋御門
幸橋
土橋
北町奉行所
金杉橋
数寄屋橋御門
常盤橋御門
神田橋
呉服橋御門
汐留橋
銀座町
竜閑橋
三十間堀川
数寄屋町
金杉川
濱御殿
木挽町
京橋
一石橋
今川橋
西本願寺
室町
日本橋
白魚橋
魚河岸
組屋敷
楓川
大伝馬町
小伝馬町
南八丁堀
中之橋
江戸橋
八丁堀
組屋敷
八丁堀
日本橋川
中之橋
小網町
亀島川
鎧ノ渡し
公事宿巴屋の寮
稲荷橋
一ノ橋
汐見橋
鉄砲洲
高橋
新川
南新堀町
行徳河岸
千鳥橋
栄橋
佃島
霊巌島
箱崎町
箱崎川
浜町堀
薬研堀
二ノ橋
永久橋
石川島
熊井町
永代橋
万年橋
新大橋
一ツ目之橋
佐賀町
今川町
上之橋
大島町
油堀
海辺大工町
六間堀
越中島
亥ノ口橋
富岡橋
仙台堀
海辺橋
二ツ目之橋
林町
蓬莱橋
富岡八幡宮
亀久橋
小名木川
五間堀
霊巌寺
深川
竪川
吉岡橋
三ツ目之橋
洲崎
木場
新高橋
西
北
東
南
0
1km

主な登場人物

日暮左近　公事宿巴屋の出入物吟味人。瀕死の重傷を負っているところを巴屋の主・彦兵衛に救われた。ただし、記憶はすべて消えており、彦兵衛によって日暮左近と名付けられた。謎の女忍びの陽炎に再三にわたり襲われてきた。

彦兵衛　馬喰町にある公事宿巴屋の主。瀕死の重傷を負っていた謎の男を救い、日暮左近と名付ける。その後、左近を巴屋の出入物吟味人として雇い、公事宿巴屋に持ち込まれるさまざまな公事の調べに当たってもらっている。

おりん　公事宿巴屋の主・彦兵衛の姪。浅草の油問屋の若旦那に望まれて嫁にいったが夫が亡くなったので、叔父である彦兵衛の元に転がり込み、巴屋の奥を仕切るようになった。

房吉　巴屋の下代。元は芝口の湯屋の若旦那だったが、博奕と喧嘩に明け暮れ親に勘当された。父親が高利貸しに身代を騙し取られ、母親を道連れに首を括ったときから、人が変わった。父親を死に追いやった高利貸しを暗殺したあと、巴屋の下代になり、彦兵衛の右腕となる。

陽炎　秩父の女忍び。元は恋人ながら兄を殺した日暮左近を仇として再三にわたり襲う。

松平定信　元老中首座。陸奥国白河藩藩主だったが、家督を長男に譲って隠居。しかし、なおも藩政の実権は掌握している。

水野忠成　駿河国沼津藩藩主。老中。

土方縫殿助　駿河国沼津藩家老。水野の出世を支えてきた。

出入物吟味人

日暮左近事件帖

プロローグ

夜の鉄砲洲《てっぽうず》波除稲荷《なみよけいなり》の境内には、江戸湊《みなと》の潮騒《しおさい》がわきあがるように響き、満開の桜の花びらが月明かりに輝きながら散っていた。

男が一人、満開の桜の木の下に佇《たたず》んでいた。舞い散る桜の花びらを浴びて佇む男は、総髪を無造作に束ね、長身を濃紺の胴着と裾細い袴《はかま》で包み、腰に同田貫《どうたぬき》を差していた。

男の名は日暮左近《ひぐらしさこん》、腰の同田貫は無明刀《むみょうとう》だった。

秀でた額、削《そ》ぎおとされた両頰、太く濃い眉、優しさを秘めた鋭い眼、そしてしっかりと結ばれた唇……。

左近は、静かに眼を閉じ、息を整えた。がっしりとした分厚い胸が、大きく動いて静止した。

次の瞬間、無明刀が青白い光芒《こうぼう》を放った。

舞い散る桜の花びらが、吸いつけられるように無明刀に両断され、次々と左近の足元に落ちた。

無明刀……。

名もない酔っ払いの刀鍛冶が作った刀だ。長さは二尺三寸の幅広、刃文《はもん》は直刃《すぐば》。茎《なかご》は舟形、鑢《やすり》目《め》は鷹の羽。

舟形の茎には、刀鍛冶の銘はなく、『無明』の二文字が刻まれていた。『無明』とは、邪見、妄執《もうしつ》のために真理に暗いことをいい、闇に例えられる仏語である。

無明刀は、手にしっかりと馴染み、重さすら感じさせない。

舞い散る桜の花びらが、いきなり渦を巻いて左近を取り囲んだ。

左近は僅《わず》かに緊張した。

妖気が一気に左近を押し包んだ。

危険だ……。

失っている記憶が囁《ささや》いた。

左近は、渦巻く桜の花びらの奥に続く闇を見据えた。

闇が微かに揺れ、人影が浮かんだ。

飛べ……。

失った記憶が、再び囁いた。

左近は地を蹴り、舞い散る桜の花びらの中に飛んだ。その直後、人影が放った赤い炎が、続けざまに左近のいた場所を射抜いた。

火炎弾だ……。

左近のいた場所を射抜いた火炎弾は、波除稲荷を囲む板塀に突き刺さり、閃光をあげた。

舞い散る桜の花びらを渦巻かせて飛んだ左近は、人影の頭上を大きく回転し、その背後に着地して振り返った。

人影が、覆い被さるように一気に迫り、鉄の鉤爪《かぎづめ》を横薙《よこなぎ》に振るった。左近は咄《とっ》嗟《さ》に身を仰《の》け反《ぞ》らした。三本の鉄の鉤爪が、仰け反った左近の身体の上を唸りをあげて通過しようとした。左近は仰け反りながら、無明刀を下から閃かせた。三本の鉄の鉤爪を握った右腕が、血飛沫《しぶき》をまき散らして、桜の花びらが舞う夜空に飛んだ。

人影が背後に飛び退《の》いた。

左近は素早く立ち上がった。

忍び……。

人影は、黒い覆面で顔を覆い、黒い忍び装束をまとった忍びの者だった。忍びの者は、斬り飛ばされた右腕から血を滴らせ、残った左手で忍び刀を抜き払い、猛然と左近に突進した。

左近は無明刀をゆっくりと頭上に掲げ、上段に大きく構えて待った。全身を隙《すき》だらけにした構え、天衣無縫《てんいむほう》だった。

天衣無縫の神髄は、見切りを無視した剣の速さに尽きる。

剣は瞬速《しゅんそく》……。

次の瞬間、忍びの者の姿が一気に眼の前に迫り、見切りの内に踏み込んだ。

左近の力と気が、全身から両手に握られた無明刀に集中した。そして無明刀が、忍びの者の身体を音も立てずに斬り裂いた時、僅かに火花が弾け散った。

左近は飛び退き、地に転がり伏せた。

忍びの者の身体が、火を噴いて爆発し、その五体は硝煙と共に砕け散った。

左近は無明刀を納めた。

忍びの者が爆死した跡には、黒装束の切れ端に絡んだ肉片が転がっていた。

何者だったのか……。

左近は肉片を調べた。

血にまみれた肉片は、肩口から胸にかけてのものだった。そして、胸には柔らかな膨らみがあった。

女……。

爆死した忍びの者は女だった。

陽炎《かげろう》……。

左近は、陽炎を思い出した。

だが、爆死した女忍びが、左近を兄の仇として狙う秩父《ちちぶ》の女忍びの陽炎でないのは確かだった。

陽炎なら正体を隠さず、挑んでくる……。

左近には、陽炎以外の女忍び、いや、忍びの者に命を狙われる覚えは、今のところ心当たりはない。結局、女忍びの正体は分からず、謎のままだ。

左近は、女忍びの乳房を黒装束の切れ端に包み、満開の桜の木の下に埋め、静かに手を合わせた。

得体の知れぬ忍びが、自分を狙って動き始めている。

左近の失っている記憶が囁いた。

満開の桜は、人の血を熱くたぎらせ、狂った鬼にする……。

江戸湊の潮騒が、女忍びの死を嘆くかのように大きく響き渡った。舞い散る桜の花びらは、血に染まったかのように赤く輝いた。

左近は、舞い散る赤い桜の花びらに包まれ、鉄砲洲波除稲荷の境内に独り佇み続けた。

水飛沫は月光にきらめきながら、秩父忍びの陽炎の白い肌を薄紅色に染めていた。

丑三《うしみ》ツ刻《どき》、秩父の山中にある名もない滝には、近在の里人も猿や猪などの獣も訪れはしない。

「臨、兵、闘、者、皆、陣、列、在、前……」

印を結んだ陽炎は、流れ落ちる滝の下に裸身を晒《さら》し、護身の秘呪である九つの文字を呟いていた。

濡れた乳房は、小さいながらも形良く、腹部と腰は固く引き締まり、両脚は長くしなやかだった。

滝から落下する水は、一定のリズムで陽炎の素肌を叩き、白い肌を薄紅色に染め、痛みも冷たさも忘れさせていた。

滝で禊《みそぎ》をするのは、兄の結城《ゆうき》左近が親友だった男に殺され、復讐を誓った時が初めてだった。

何故、兄が殺されたのかは分からない。だが、兄が殺されたのは、厳然たる事実だ。陽炎は、兄を殺した男に激しい憎悪を燃やした。そこには、淡い憧れを抱いていた男に裏切られた衝撃があった。

陽炎は男を探した。そして、名を兄と同じ『左近』に変え、『日暮左近』と名乗って江戸で暮らす男を発見した。

「何故、兄を斬った！」

「何も覚えておらぬ。俺は記憶の全てを失っているのだ……」

日暮左近は、陽炎の詰問《きつもん》にそう答えた。

何も覚えていない……。

陽炎は信じられなかった。だが、その後の日暮左近の様子と行動は、確かに記憶を失っているものであった。

たとえ、記憶を失っていても、兄を殺した事は許せるものではない……。

仇討ちに燃える陽炎は、左近と名乗る幼馴染みに決死の闘いを挑んだ。だが、望みは果たせなかった。

諦めるものか、必ず仕留めてやる。左近はもう兄の仇だけではない。私自身の敵として討ち果たさなければならない……。

陽炎は、燃え盛る鉄砲洲波除稲荷裏の家を思い出した。

燃え盛る炎に包まれながら、おりんという女を必死に庇《かば》う左近を……。

陽炎の身体は、怒りに熱く震えていた。落下する水が、陽炎の怒りを辛うじて鎮めてくれていた。

落下する水が、微かに揺れた。

陽炎は飛んだ。

得体の知れぬ殺気が、陽炎を襲ったのだ。

濡れた素肌が、緊張に一瞬にして乾き、引き締まった。

陽炎は、岩陰に潜んで己の気配を消し、辺りを鋭く窺《うかが》った。だが、殺気を放った者の気配はない。

忍び……。

陽炎は確信した。

月明かりは、夜の闇を灰色に染め、木々の梢を深緑色に浮かびあがらせていた。

渓流沿いの様々な岩は、水飛沫に濡れて不気味な陰影を作り、獣と虫の鳴き声もなく、滝の音だけが響いていた。

襲ってくる気配はない……。

しかし、陽炎は岩陰に潜んだまま時を過ごした。情況に変化はなかった。

勘違いだったのかもしれない……。

陽炎は、張り詰めていた緊張を僅かに解いた。夜の生暖かさが湧きあがり、陽炎の素肌を包んだ。次の瞬間、闇の彼方に赤い閃光がきらめき、消えた。

お館《やかた》様……。

陽炎は狼狽《ろうばい》した。

殺気を放った者は、陽炎をその場に釘づけにして、秩父忍びの総帥《そうすい》であるお館様の住む屋敷に向かったのだ。

陽炎は己の甘さを責めた。

屋敷に駆けつけた陽炎は、周囲を油断なく探った。屋敷の周囲には、敵の侵入を防ぐ様々な仕掛けが巧妙に張り巡らされている。だが、仕掛けはどれ一つ破られておらず、闘いの痕跡はなかった。

陽炎は屋敷内に踏み込んだ。屋敷の中は、暗く静まり、人の気配は窺えなかった。

陽炎は油断なく奥へ進んだ。

狭い廊下は鶯《うぐいす》張りで、床板の右から二枚目だけが音の鳴らないようになっている。それ以外の板を踏むと、音が鳴り、突き当たりの壁から忍び槍が襲う。

陽炎は、右から二枚目の五寸程の幅の板の上を素早く進み、突き当たりを右手に曲がり、壁の隠し戸を潜った。隠し戸の中は暗く、地下へと階段が続いていた。

陽炎は隠し階段を降り、隠し部屋に入った。隠し部屋には誰もいなく、壁に掛けられた手燭《てしよく》の小さな炎が、辺りを照らしていた。そして、手燭の下には、絵の描かれた紙が貼られていた。

八本の脚を広げる赤い蜘蛛《くも》……。

それが、紙に描かれた絵だった。

赤い蜘蛛は、お館様の大名暗殺命令……。

陽炎は、紅蜘蛛の描かれている紙を手に取り、裏を見た。裏には、黒地に白抜きの永楽通宝《えいらくつうほう》の家紋が描かれていた。

黒地に白抜きの永楽通宝の家紋を持つ大名を暗殺する……。

お館様は、陽炎に暗殺命令だけを残して姿を消した。もしそれが、陽炎に殺気を放った者の拉致ならば、恐ろしい程の忍びの使い手といえよう。

大名暗殺が、お館様の本意なのか、それとも脅されてのものなのかは、分からない。だが、大名暗殺が、お館様の消息に関わっているのは、間違いない。陽炎はそう思った。

何処《どこ》かから微風が流れ込み、手燭の小さな炎を揺らして消した。

陽炎は赤い蜘蛛の絵が描かれた紙を握りしめ、闇に包まれた隠し部屋に立ち尽くした。

第一章　銀の香炉

一

上野寛永寺《うえのかんえいじ》、御殿山《ごてんやま》、飛鳥山《あすかやま》など、江戸の桜の名所は、花見客で賑わっていた。日本橋馬喰町《にほんばしばくろちょう》にある公事宿《くじ》巴屋《ともえ》の庭の桜も満開になっていた。桜の花びらが、風に吹かれて舞い込んだ座敷では、主の彦兵衛《ひこべえ》が谷中《やなか》の鍛金師《たんきんし》文吉《ぶんきち》の話を聞いていた。

鍛金師とは、急須や酒器、そして香炉《こうろ》などの銀器を造る銀《しろがね》師《し》である。銀器は鍛金、切嵌《きりばめ》、彫金の三つの技法で造られる。鍛金は銀を絞って立体的にする技法であり、その職人を鍛金師と呼んだ。文吉は、江戸で一、二を争う若手鍛金師だった。

「……文吉さん、用ってのは、公事訴訟ですか」

「へい……」

緊張している文吉は、生真面目な顔に薄く汗を浮かべていた。

公事訴訟を起こして人を訴える……。

生半可な気持ちで出来ることではない。文吉は迷い躊躇《ためら》った挙げ句、必死の思いで巴屋を訪れたのだ。彦兵衛は、文吉の気持ちが良く分かった。

「……で、どんな公事ですか」

「へい、頼まれて造った銀の香炉の後金が貰えないのです」

「ほーう、そいつは困ったことですね。詳しく話していただけますか……」

文吉はごくりと喉を鳴らし、とつとつと喋り始めた。

文吉は、小間物屋『吉松《よしまつ》』の主《あるじ》松蔵《まつぞう》に頼まれ、前金十両、後金十両の約束で銀の香炉を造って納めた。

それは希代の茶人千利休《せんのりきゅう》が秘蔵したといわれる、竜の姿と鱗《うろこ》を模様打ちにした銀の香炉の写しであった。だが、松蔵は後金の十両を払ってはくれなかった。

銀の代金は十五両。文吉は地金《じがね》屋に五両の借金をして、十五両分の銀を用意した。

十両は前金で払い、残りの五両を借金したのだ。松蔵が後金の十両を払ってくれない限り、地金屋に五両の借金を返すことは出来ない。

返せないまま、半年が過ぎた。

このままでは信用を無くし、材料の銀も仕入れられず、銀師・鍛金師の仕事が出来なくなる。文吉は、松蔵に後金を払うように何度も催促をした。だが、松蔵は文吉の催促に応じず、突っぱねた挙げ句、開き直った。

「おかみさん、どうなってもいいのかい」

松蔵は、薄笑いを浮かべて脅しを掛けた。そして文吉は、松蔵が博奕《ばくち》にのめり込んでいるのを知った。

困り果てた文吉は、公事訴訟を起こす決意をしたのだ。

「なるほど、話は良く分かりましたが、文吉さん、仮に公事訴訟に勝って後金十両払って貰ったとしても、地金屋さんに借金を返し、手前共に筆耕代などを払えば、文吉さんの手元に残るのは、おそらく二両、いや一両足らずになると思いますが……」

公事宿は、公事訴訟人の依頼で、訴状を作り、手続きを代行する。そして町奉行所に提出し、訴訟相手に示す目安裏書《めやすうらがき》とその命令で相手の出頭を求める差し紙を送達し、関係者の身柄を預かったりもする。そうした公事宿の主人や下代《げだい》は、現代の弁護士の前身と言えた。

「旦那、地金屋さんに五両返せれば、あっしは一文もいりません。お願いです。どうか宜しくお願いします」

文吉にとって儲けなどは、最早《もはや》どうでもいいのだ。若手鍛金師として評判になり始め、腕と信用だけが大切だった。

彦兵衛は、深々と頭を下げて頼む文吉が、気の毒でならなかった。

文吉と松蔵の間に起きた銀の香炉の後金問題は、公事宿巴屋の預かるところとなった。


下代の房吉《ふさきち》は、彦兵衛から文吉の件を聞き、自分のことのように憤《いきどお》った。

「分かりました、旦那。文吉さんの公事訴訟、あっしが扱わせていただきます」

「やってくれるか……」

「ええ、酷《ひど》過ぎますよ」

「文吉さんの話じゃ、松蔵は博奕にのめり込んでいるそうだ。きっと悪い仲間も多いだろう。くれぐれも気を付けるんだよ」

「心得ております」

房吉は小さく笑った。

松蔵が素直に十両の後金を払えば、事は大袈裟にならずに内済で終わる。

房吉は町奉行所に訴える前に、松蔵に逢って談判をするつもりだ。

日本橋馬喰町の巴屋を出た房吉は、神田川《かんだがわ》に架かる和泉《いずみ》橋を渡って左手に曲がり、神田花房町《はなぶさちょう》から下谷御成《したやおなり》街道を進んだ。

下谷御成街道は、将軍家が東叡山《とうえいざん》寛永寺に参拝する時に使う道である。房吉は、御成街道を通って下谷広小路に出た。松蔵の営む小間物屋『吉松』は、下谷広小路の上野北大門町にあった。

下谷広小路は、上野の山の花見客で賑わい、桜の花びらが微風に舞っていた。

だが、『吉松』は、賑わいに関わりないかのように大戸を閉めていた。

房吉は、閉められた潜り戸を叩き、松蔵の名を呼んだ。だが、返事はなかった。

どうやら『吉松』には、松蔵は勿論《もちろん》、家族もいない様子だ。房吉は隣近所に聞き廻った。

松蔵の女房は、博奕に狂う亭主に愛想を尽かし、既に子供を連れて実家に帰っていた。以来、松蔵は店を閉め、賭場《とば》を渡り歩いているらしい。

賭場を廻って松蔵を探すしかないか……。

房吉は下谷広小路を後にした。

花見客の賑わいと、舞い散る桜の花びらを背にして……。

芝口の湯屋の放蕩《ほうとう》息子だった房吉は、昔の遊び仲間に繋《つな》ぎを取った。昔の遊び仲間の中には、いまだに酒や博奕、女遊びに現《うつつ》を抜かす者が多く、下谷や浅草《あさくさ》界隈で遊ぶ者もいた。

房吉は、そうした者達から松蔵の情報を得ようとした。

情報は日を待たず、得られた。

松蔵は、向島押上村《むこうじまおしあげ》にある春陵寺《しゅんりょうじ》で開かれる賭場に出入りしていた。

向島の押上村は、浅草から隅田川に架かる吾妻《あづま》橋を渡り、中之郷《なかのごう》瓦町《かわらまち》を抜けて横川《よこ》に架かる業平《なりひら》橋を通り、江戸御府内の境界である朱引《しゅびき》の傍に広がっていた。

昔の悪仲間の話では、松蔵はすでに一端の博奕打ちになっているらしい。

房吉は慎重を期し、鉄砲洲波除稲荷の寮にいる巴屋の出入物吟味人《でいりものぎんみにん》の左近に手伝って貰う事にした。

公事宿は吟味物（刑事裁判）を扱わず、出入物（民事裁判）だけが許されている。だが、出入物といっても、文吉の一件のように様々な要素が含まれていて、背後に悪辣《あくらつ》な企みが潜んでいることもあった。

彦兵衛は、出入物の背後に潜む悪辣な企みの探索を左近に頼んだ。つまり、出入物吟味人だ。

重傷を負って記憶を失い、鉄砲洲波除稲荷裏の巴屋の寮で暮らしていた左近は、彦兵衛の頼みを聞き入れ、公事宿巴屋出入物吟味人となった。

左近は待っていた。

満開の桜の古木の下に、舞い散る桜の花びらを浴びて佇み、房吉が来るのを待っていた。

房吉が、斜め向かいにある春陵寺に入ってから、もう半刻《はんとき》（一時間）が過ぎていた。春陵寺には博奕客が出入りしており、変わった事はないようだ。

寺は寺社奉行の支配であり、町奉行の手が及ばない処から、渡世人たちは貧乏寺に金を握らせて賭場を開いた。町奉行所の手が及ばないのは、武家の屋敷も同じであり、無法な中間《ちゅうげん》たちも、良く賭場を開いていた。

左近は、散り続ける桜の花びらの下で、房吉の出てくるのを待ち続けた。

春陵寺から現れた房吉が、左近に駆け寄ってきた。

「お待たせしました。松蔵の野郎、すってんてんになって出てきますよ」

房吉の言葉が終わらない内に、顔色の悪い痩せた男が、春陵寺から出てきて門前に唾を吐いて悪態をつき、隅田川の方に歩き始めた。松蔵だった。

左近と房吉は、松蔵を追った。

松蔵は川沿いの道を進み、横川に架かる業平橋に向かった。

「どうしますか、房吉さん」

「押さえます」

左近と房吉が、松蔵を追って足を速めた。

松蔵が業平橋を渡ろうとしていた。夜の静寂にいきなり殺気が湧いた。

しまった……。

左近が地を蹴り、業平橋を渡り始めた松蔵に向かって走った。房吉が慌てて続いた。

「逃げろ」

左近が叫んだ。

松蔵が驚いて立ち止まった。次の瞬間、浪人が橋の向こうの闇から現れ、松蔵に駆け寄って抜き打ちに斬った。

松蔵は、首筋から血を霧のように噴出させ、声をあげる間もなく倒れた。

浪人は、松蔵に止《とど》めを刺そうとした。

宙を飛んだ左近が、浪人に無明刀を閃かせた。浪人は咄嗟に身体を横に開き、無明刀を払った。

火花が、闇に弾け散った。

左近と浪人は、体を入れ替えて対峙《たいじ》した。

浪人は充分に間合いを取り、刀を正眼に構えた。隙のない構えだった。

「……何故、松蔵を斬った」

「仕事だ……」

「仕事……」

「左様、金さえ貰えば、誰でも斬る」

人斬り浪人は、片頬を引き攣《つ》らせて笑った。冷酷な笑いだった。

「おい、松蔵は死んだか」

人斬り浪人は、松蔵に駆け寄っていた房吉に声を掛けた。

「ああ」

房吉が怒声をあげた。

「ならば、これまでだ……」

人斬り浪人は、素早く身を翻《ひるがえ》した。

左近が追おうとした。

「左近さん」

房吉が呼んだ。左近は追うのを止め、房吉と松蔵の元に走った。

「おい、しっかりしろ」

房吉の呼び掛ける声に、松蔵が苦しげに呻《うめ》いた。

「房吉さん……」

左近は怪訝《けげん》に房吉を見た。

「息があると分かれば、あの人斬り、何がなんでも松蔵に止めを刺しますからね」

流石《さすが》に房吉だ、やることに抜かりはなかった。

「おい松蔵、今の浪人、何処《どこ》の誰だ」

「し、知らねえ……」

苦しく掠《かす》れた声を洩《も》らした。

「じゃあ、狙った奴に心当たりはないのか」

「け……献残屋《けんざんや》の蓬莱堂《ほうらいどう》……」

松蔵はそれだけを辛うじて言い残し、血塗《ちまみ》れになって息絶えた。

「献残屋の蓬莱堂……」

「房吉さん、松蔵の店に急ぎましょう」

「松蔵の店……」

「ええ、銀の香炉です」

左近と房吉は、下谷広小路にある松蔵の店『吉松』に走った。


「……で、松蔵の店に、銀の香炉はなかったんだね」

「ええ。松蔵の野郎、きっともう注文主に納めたのですよ」

房吉が苛立ちを見せた。

壁に寄り掛かった左近が、彦兵衛と房吉の遣り取りを黙って聞いていた。

江戸湊からの春風が、心地好く吹き抜け、潮騒が静かに響いていた。

文吉の造った銀の香炉は、松蔵殺しを招いた。吟味物の事件が、出入物の裏から浮かびあがったのだ。

「松蔵殺しの背後には、献残屋の蓬莱堂が絡んでいるのかい……」

「へい。松蔵の最後の言葉からみて、おそらく……となると旦那、銀の香炉の注文主、きっと献残屋の蓬莱堂かもしれませんね」

「彦兵衛殿、献残屋とは何ですか」

左近が怪訝に尋ねた。

「そうか、左近さん、献残屋をご存知ありませんでしたか……」

「はい」

献残屋とは、大名や大身旗本などが、献上されて残った品物を換金する商売だ。献上品を受け取った者は、必要な品物を確保し、残りを市価より安い値で献残屋に引き取らせた。そして献残屋は、安く買い取った品物を新たな贈答品に装丁し直して売った。

献残品としては、白絹、島絹《しまぎぬ》、仙台平《せんだいひら》などの反物《たんもの》。鰹節、鮑《あわび》のし、各種干し貝、塩漬け鳥肉、塩引鮭など、保存保管のきく物が積極的に扱われたという。

『蓬莱堂』は、名のある大名や大身旗本の屋敷に出入りを許された江戸でも有数の献残屋であった。

「では、仮に献残屋の蓬莱堂が注文主なら、銀の香炉を誰かへの献上品にするつもりだったのですか……」

「おそらくね……」

彦兵衛は頷いた。

「それにしても、いかに銀とはいえ、たかが香炉一つ。人を殺すほどの物じゃない」

「ですが、旦那。銀の香炉に何か細工をしたとか、秘密があったらどうなりますかね」

左近が、緊張の色を浮かべた。

「どうしました、左近さん」

「房吉さんの言う通り、銀の香炉に秘密の細工があり、そのために松蔵が殺されたのなら、次に命を狙われるのは、造った文吉さんです」

「違いねぇ」

房吉が顔色を変えた。

「文吉さんの家は、谷中根津権現《ねづごんげん》の門前町だ」

左近と房吉は、彦兵衛の言葉が終わる前に部屋を出ていた。

巴屋の寮の前には、鉄砲洲波除稲荷があり、八丁堀《はっちょうぼり》に架かる稲荷橋がある。

左近と房吉は、稲荷橋の下に繋いであった猪牙舟《ちよきぶね》に乗り、亀島川《かめじま》を進んで日本橋川を横切り、箱崎《はこざき》を抜けて三ツ俣《みまた》から隅田川に出た。そして新大橋を潜り、両国橋に遡《さかのぼ》った。

銀の香炉の注文主は、松蔵が文吉に約束した後金を払わないため、公事訴訟を起こされるのを知った。公事訴訟になれば、銀の香炉の存在が公《おおやけ》になる。注文主はそれを恐れ、松蔵を始末したのだ。

左近はそう考えを巡らせた。

房吉が櫓《ろ》を漕ぐ猪牙舟は、両国橋を潜り抜けて神田川に入っていた。

猪牙舟が、昌平《しようへい》橋下の船着き場に着いた時、既に日は沈み、夜になっていた。

左近と房吉は、神田明神社脇の明神下の通りを駆け抜けた。そして、不忍池《しのばずのいけ》沿いに根津《ねづ》権現の門前町に急いだ。

文吉は納戸《なんど》を改造した作業場で、皿状にした地金の銀の内側に当て金具を当て、外側を金槌で叩いて絞っていた。

銀器は香炉の他にもいろいろあり、鍛金で造る物は、急須、薬罐《やかん》、酒器、銘々皿、そして置物などがあった。

地金を仕入れられない文吉は、知り合いの親方から仕事を分けて貰い、何とか日銭を稼いでいた。

「お前さん、お茶でも飲もうか」

居間にいた女房のお袖《そで》が、火鉢の上で湯気をあげる薬罐を見ながら、内職の仕立物の手を止めた。

「茶っ葉、あるのかい」

「ええ。源助《げんすけ》おじさんから貰ったの……」

お袖は昼間、根津権現の参道にある源助父《と》っつあんの茶店を手伝い、満足な仕事ができなくなった亭主を助けていた。

銀師の親方の家に奉公していたお袖は、住み込みの弟子だった文吉と愛し合い、二十歳の時に親方の許しを得て所帯を持った。

それから五年、文吉とお袖は、助け合い、支え合い、貧乏ながらも楽しく暮らしてきた。だが、文吉とお袖は、互いに密かな不満を抱いていた。それは、子供ができないことだった。

きっと、悪いのは自分なのだ。

文吉とお袖は、互いにそう思い、相手に申し訳なさを抱いていた。だが、それは皮肉にも二人の絆《きずな》を、より深く確かなものにしていた。

文吉が作業場から居間に出てきた時、お袖が茶道具を取りに台所に立った。戸がいきなり開けられ、人斬り浪人が突風のように現れた。

咄嗟《とっさ》に文吉が、火鉢の上の薬罐を叩き落とした。灰神楽《はいかぐら》が音を立てて舞いあがった。

お袖が甲高い悲鳴をあげた。

人斬り浪人は怯《ひる》みもせず、文吉に抜き打ちの一閃を浴びせようとした。その時、鋭い殺気が、人斬り浪人を襲った。

人斬り浪人が、咄嗟に雨戸を蹴破って狭い庭に飛び出し、戸口を睨みつけて油断なく刀を構えた。

戸口に現れた左近が、一気に雨戸の傍に進み、庭にいる人斬り浪人と対峙した。そして、房吉がへたり込んで震えている文吉を助け起こし、台所で立ち竦《すく》んでいるお袖の傍に連れていった。

「お前さん……」

半泣きのお袖が、がたがたと震えている文吉にしがみついた。

「……また、お前か……」

人斬り浪人が、左近に嘲笑を投げ掛けた。

「銀の香炉の注文主に頼まれたのか……」

次の瞬間、左近の頭上に人斬り浪人の刀の刃風が鳴った。

無明刀が閃き、火花が散った。

人斬り浪人が、大きく飛び退いた。左近が一気に間合いを詰めた。

斬り結ぶ刀の音が、短く甲高く鳴った。

房吉が庭に飛び下り、左近と人斬り浪人の闘いを見守った。

「お前さん、逃げて……」

「お袖……」

「ここにいたら殺される。だから早く逃げて、隠れるのよ」

「だったらお袖、お前も一緒に……」

「私、何がどうなっているのか、見極める、だからお前さん……」

人斬り浪人が、身を翻して庭を走り出た。

左近が追った。

二人を見送った房吉が、振り返った。

台所にいた文吉が、お袖を残して裏口から走り出た。

「何処にいく、文吉さん」

房吉が文吉の名を呼び、慌てて追った。同時に文吉が悲鳴をあげて、よろめきながら戻ってきた。胸に血が浮かんでいた。

「文吉さん」

「お前さん」

房吉の驚いた声が、お袖の悲鳴と重なった。

文吉の背に鈍く低い音が、幾つか短く鳴った。苦しく呻いた文吉が、押されたように進んで倒れた。

文吉の背中には、三本の棒手裏剣が深々と突き刺さっていた。

お袖が、文吉の名を呼んで縋《すが》りついた。

茫然《ぼうぜん》としていた房吉が、我に返って慌てて外を窺った。外には、暗闇だけが広がっていた。

根津権現の長い参道は、夜露にしっとりと濡れていた。

左近と人斬り浪人は、互いに刀を閃かせて、長い参道を走りながら交錯した。

人斬り浪人は走りながら、鋭く闇を斬り裂いて左近を襲った。

左近は身体を上下左右、僅かに動かして、人斬り浪人の刀を見切り、反撃した。

走りながら鋭い攻撃を見せる人斬り浪人は、ただの剣の使い手ではない。

忍び……。

失った記憶が囁いた。

同時に、左近の身体が宙に舞った。

追って人斬り浪人が身を翻した。

夜空で二人が交錯し、人斬り浪人の刀が火花を散らせて飛んだ。無明刀が弾き飛ばしたのだ。

参道に転がるように降りた人斬り浪人が、顔を強張《こわば》らせて素早く夜空を振り仰いだ。

眼前に左近が迫っていた。

勝った……。

左近がそう思った時、闇の奥から棒手裏剣が次々と飛来した。左近は、地を蹴って再び夜空に高々と舞い、棒手裏剣を躱《かわ》した。

参道に音もなく着地した左近は、棒手裏剣が飛来した闇を見つめた。だが、既に人の気配はなかった。そして、人斬り浪人も姿を消していた。

やはり、忍びだ……。

銀の香炉の背後には、思いもよらぬ秘密が潜んでいる。

「左近さん……」

房吉が血相を変えて駆け寄ってきた。

「どうしました」

「文吉さんが殺されちまった……」

文吉が殺された……。

驚いた左近に、房吉が文吉の背に突き刺さった棒手裏剣を見せた。

左近を襲った棒手裏剣と同じものだった。

忍びの者は、文吉を抹殺して、左近をも襲ったのだ。

文吉の造った銀の香炉には、底なし沼のような秘密が隠されている。

得体の知れぬ緊張感が、左近の身体を貫いた。

怯《ひる》むな……。

失った記憶が囁いた。

根津権現の静かな暗闇が、大きく膨らんで左近と房吉を押し包んできた。

二

桜も葉桜になり、浅草の金龍山浅草寺《きんりゅうざんせんそうじ》の三社権現の祭礼の日が訪れた。

浅草三社祭りは、神輿《みこし》が浅草御門から船で隅田川を遡《さかのぼ》り、花川戸《はなかわど》近くであがる派手なものであった。

江戸の町は、うきうきと賑わい、祭りを楽しんでいた。だが、公事宿巴屋は、文吉の死に沈んでいた。

公事宿巴屋に文吉の死の責任はないが、彦兵衛は依頼人の身を守れなかったことを悔やんだ。

「しょうがないわよ、叔父さん……」

巴屋の台所を切り廻している姪のおりんが、彦兵衛を慰めた。

「だって文吉さん、銀の香炉に秘密があるかもしれないなんて、教えてくれなかったんですもの……」

「そりゃあそうだが、後味が悪くてね」

「それで、お袖さんって言ったかしら、文吉さんのおかみさん、どうしたの」

おりんは自分同様、若後家になってしまったお袖を気にした。かつておりんは、油問屋の若旦那に嫁いだ。しかし、夫である若旦那は、酒に酔って掘割に落ち、僅か一尺程の深さの流れで無様に溺死してしまった。

以来、おりんは叔父の家である巴屋に戻り、気儘《きまま》に暮らしていた。

「お袖さん、文吉さんが借金をした地金屋に、金は必ず返すと言い残して、消えちまったよ」

お袖は、文吉の葬式をひっそりと執り行い、いつの間にか姿を消してしまった。

文吉が残した鍛金の道具を持って……。

お袖の受けた衝撃と哀しみの深さは、彦兵衛は無論、誰にも計り知れない。

「房吉が探しているがね……」

「見つからないの」

「ああ、何処に行ってしまったのか……」

吐息混じりの返事だった。

お袖は、銀の香炉の秘密を文吉から聞いているかもしれない。彦兵衛たちがそれを問いただす前に、お袖は姿を消してしまった。

何とか探しださなければならない。

房吉は、銀師の親方から文吉とお袖の親類や知り合いを聞き、尋ね歩いていた。しかし、お袖は見つかってはいない。

「で、これからどうするの」

「町奉行所に訴えでる前に、依頼人が死んだのだ。公事宿の出る幕は終わった」

「でも、それじゃあんまりよ」

「おりん、公事宿の出番は終わったが、巴屋は引っ込まないよ」

「じゃあ、叔父さん……」

「このまま尻尾を巻いてたまるか。松蔵と文吉さんを殺した下手人を見つけて、銀の香炉に隠された秘密を必ず暴いてやる……」

彦兵衛の言葉には、激しい怒りと哀しみがこめられていた。

「それで、左近さんは……」

「献残屋の蓬莱堂を調べているよ」

日本橋の高札場《こうさつば》から日本橋通りを南に進むと数寄屋町《すきやちょう》に出る。そこに、献残屋『蓬莱堂』があった。

蓬莱堂は名の知れた献残屋だ。だが、意外なほどに店の間口は狭い。それは、高価な品物だけを扱っている証拠とも言えるだろう。

主の名は、仁左衛門《にざえもん》。四十歳を過ぎたぐらいだ。

蓬萊堂仁左衛門が、松蔵を使って文吉に銀の香炉を造らせた証拠はない。そして、人斬り浪人と忍びに命令して、松蔵と文吉を殺させた証拠もなかった。

蓬萊堂仁左衛門……。

数寄屋町に献残屋の店を開くまで、何処で何をしていたかは、彦兵衛の調べでも定かでない。

いずれにしても、ただの献残屋ではない。

左近は仁左衛門を監視した。


仁左衛門が、手代《てだい》を従えて出掛けた。

左近は尾行を始めた。

蓬萊堂を出た仁左衛門は、日本橋通りを南に真っ直ぐ進み、八丁堀に架かる京橋《きょう》を渡った。京橋の手前を八丁堀沿いに行くと、鉄砲洲波除稲荷に出て、その裏に左近の暮らす巴屋の寮がある。

京橋を渡った仁左衛門は、銀座町《ぎんざちょう》に入り、四丁目の角を東に曲がった。そして、新シ橋を通り、木挽町《こびきちょう》三丁目の裏にある松平和泉守《まつだいらいずみのかみ》の屋敷に入った。

築地《つきじ》鉄砲洲一帯には、大名や大身旗本の屋敷が連なっている。

左近は、松平和泉守の屋敷の向かい側の采女ケ原《うねめがはら》の馬場の隅に佇み、仁左衛門の出てくるのを待った。

馬場では初老の武士が、静かに馬を責めている。長閑《のどか》な光景だ。

初老の武士は、かなりの心得があるものとみえ、馬は大人しく従っていた。

御高祖《おこそ》頭巾を被った武家の女が、旗本屋敷や西本願寺のある海側から小橋を渡って来た。

陽炎……。

左近は思わず声をあげかけた。

御高祖頭巾の武家女は、左近に気付かずに通り過ぎていった。もし、女忍びの陽炎なら、左近に気が付いた筈だ。

陽炎に良く似た別人だったのか、それとも左近に気付かぬほど、何かに気を取られていたのだろうか……。

左近は、追い掛けようとする気持ちを、出入物吟味人としての使命感で辛うじて抑え、足早に新シ橋に向かう御高祖頭巾の武家女を見送った。

陽炎……。

左近が、由井正雪《ゆいしょうせつ》の軍資金を巡り、妖怪中野碩翁《なかのせきおう》の配下と死闘を繰り広げた時、兄の仇として襲い掛かってきて、燃えあがった巴屋の寮の炎の中に消えた女忍びだ。

記憶を失っている自分の過去を知る女……。

左近は、失った記憶を取り戻そうと様々な試みをした。だが、何一つ効果はなく、陽炎と時々湧きあがる囁きだけが、自分と過去を繋ぐ糸といえた。

仁左衛門は、買い取った献残品を手代に担がせて、和泉守の屋敷から出てきた。

左近は陽炎への思いを棄て、再び尾行を始めた。

新シ橋を渡って銀座町に戻った仁左衛門は、荷物を背負った手代を先に帰して、立ち止まった。

左近は素早く物陰に潜んだ。

立ち止まった仁左衛門は、ゆっくりと振り返って辺りを見廻し、微かな嘲笑を浮かべた。

尾行は見破られている……。

左近は直感した。

仁左衛門は嘲笑を浮かべたまま、再び歩き出した。このまま尾行を続けたら、仁左衛門は蓬莱堂に帰るだけだろう。

尾行は無意味だ……。

左近は気がついた。

尾行者は消えた。

仁左衛門は銀座町を進んだ。尾行していた者は、おそらく文吉が駆け込んだ公事宿巴屋の出入物吟味人と称する男だろう。その正体は判然としないが、かなりの使い手だと聞く。尾行にもそれが窺えた。

仁左衛門は銀座町を抜け、京橋の船宿に素早く入った。そして、屋根船に乗って八丁堀を下り始めた。

屋根船は中之橋《なかのはし》を潜り、白魚橋《しらうお》に向かった。

白魚橋の上から、笠を被った男が見ていた。

左近だった。

仁左衛門は、左近の読み通り、馴染みの船宿『和泉屋』から船に乗った。『和泉屋』が、仁左衛門の馴染みの船宿なのは、彦兵衛の調べで分かっていた。左近は尾行を諦めたふりをして、先廻りをしていたのだ。

賭けは当たった。

仁左衛門を乗せた屋根船は、白魚橋を潜って八丁堀と交差する楓川《もみじがわ》に曲がった。

左近は楓川沿いに追った。

屋根船は日本橋川に出て、鎧《よろい》ノ渡《わたし》を漕ぎ進み、箱崎町の手前を三ツ俣に向かった。

このままでは、隅田川に出る……。

隅田川は川幅も広く、行き交う船も多く、追跡は難しくなる。掘割沿いの道を行く左近は、少なからず焦った。その時、掘割をくる猪牙舟から左近を呼ぶ声がした。馬喰町の船宿『嶋《しま》や』の船頭平助《へいすけ》だった。『嶋や』は、公事宿巴屋馴染みの船宿だ。

助かった……。

左近は、平助の操る空の猪牙舟に飛び乗り、仁左衛門が乗っている屋根船を追った。

隅田川を遡った屋根船は、両国橋の手前に並ぶ御船蔵《おふなぐら》の角を曲がって竪《たて》川に入り、本所《ほんじょ》に向かった。

左近は平助に礼を言って猪牙舟を降り、再び徒歩で竪川をいく屋根船を追った。

仁左衛門は、本所二ツ目橋で屋根船を降りた。そして、林町一丁目の片隅にある百獣屋に入った。

仁左衛門は、店先で猪の肉を捌《さば》いていた老人に声を掛けた。

老人は黙って頷き、二階への階段を示した。

仁左衛門は階段を上がり、二階に消えた。

老人は猪の肉を捌きながら、別人のような鋭い眼差しで店の前を見た。

尾行者を警戒している……。

左近は、躊躇《ちゅうちょ》なく老人の前を通り、百獣屋に入った。

僅かでも怯めば、尾行を見抜かれる……。

老人は、左近が尾行者とは気付かず、百獣屋の店に入れた。

店の若い衆が、賑やかな声で左近を迎えた。

左近は隅の席に座り、猪《しし》鍋と酒を頼んだ。

百獣屋は、『ももんじや』と読む。『御存じ山くじら』などと大書した看板を出し、猪や鹿などの獣の肉を売り、食べさせる店だった。

今はただの客になるだけだ……。

仁左衛門が、二階で何をしているのか気にもしないで……。

左近は客になり切り、運ばれてきた猪鍋を味わい、酒を楽しんだ。

美味い猪鍋だ……。

そう思った。そして左近は、かつて自分が猪鍋を食べたことがあるのだと、気付いた。

秩父で陽炎たちと……。

左近は猪鍋を食べながら、失った記憶を蘇らせようとした。

二階から仁左衛門が降りてきた。

左近は、記憶を蘇らせる作業を中断した。

「邪魔をしたね、弥平《やへい》さん……」

仁左衛門は、猪の肉を捌いていた老人に声を掛け、左近に気付かず百獣屋を出ていった。

弥平と呼ばれた老人が、仁左衛門の遠ざかっていく姿をじっと見送った。いや、見送ったのではなく、尾行する者が現れないかを監視しているのだ。

無理だ……。

左近は尾行を諦め、銚子《ちょうし》の代わりを頼んだ。

この百獣屋が、仁左衛門と関わりがあるのが分かっただけでも、かなりの収穫といえる。

「お出かけですかい、相良《さがら》の旦那……」

「うむ……」

若い衆に掛けられた問いに答えた声は、人斬り浪人のものだった。

左近は微かに動揺した。それを酒を飲み干すことで隠し、声の主を窺った。やはり、松蔵を斬り、文吉を襲った人斬り浪人だった。

人斬り浪人の名は、相良……。

仁左衛門が、二階で逢った相手は、人斬り浪人の相良だったのだ。

相良は、店先にいる弥平と何気ない目配せを交わし、出掛けていった。

左近は見失わない程度の間合いを取り、金を払って百獣屋を出た。

左近は、弥平の目の届かないのを確かめて、竪川《たて》に架かる一ツ目橋に走り、人斬り浪人の相良の姿を探した。

相良の後ろ姿が、両国橋とは反対の御舟蔵沿いの道に見えた。

左近は追った。

相良は新大橋に向かっていた。

左近は、充分な距離をとって尾行した。


屋敷の中は、桜も散ったというのに冷たさが漂い、静まり返っていた。

仁左衛門は座敷に座り、瞑目《めいもく》していた。

やがて、廊下を慌ただしくやってくる男の足音が聞こえ、障子が開かれた。

仁左衛門は平伏した。

入ってきた男は、貧相な顔をした小柄な武士だった。だが、その眼は才知に輝き、狡猾さに溢《あふ》れていた。

「土方《ひじかた》様には御機嫌麗しく……」

「仁左衛門、馬鹿な挨拶は無用だ」

土方縫殿助《ぬいのすけ》、沼津《ぬまづ》藩五万石水野《みずの》家の家老であり、老中を務める主水野忠成《ただあきら》の懐刀として辣腕《らつわん》を振るっていた。

「はっ……」

「で、どうなっているのだ」

土方に経過説明は無用で、結論だけが必要だった。

「秩父忍びの主だった者、既にこの世から消え去り、動いているのは、僅かにございます」

「そうか。秩父忍び、とうとう滅びるか……で、楽翁《らくおう》は如何《いかが》致した」

「間もなく仕掛けます……」

「よし、最早《もはや》隠居の身とはいえ、希代《きたい》の傑物。心して掛かるがよい」

「心得ました……」

「ではな……」

仁左衛門は平伏し、土方が慌ただしく座敷を出て、廊下を遠ざかっていく足音を聞いていた。

「頭領……」

女が次の間《ま》から声を掛け、襖《ふすま》を開けた。腰元のあざみだった。

「仕度、整ったのか」

「すでに……」

仁左衛門は立ち上がった。

仁左衛門は、あざみの手燭の灯に導かれて、暗く狭い階段を降り、地下の小部屋に入った。

小部屋に入るなり、あざみは手燭の灯を消した。暗闇が仁左衛門とあざみを包んだ。

あざみが壁の板戸を横に滑らせた。板戸の奥には、ギヤマンが嵌《は》め殺しになっている窓があり、淡い光の揺れる部屋が見えた。

「お頭様……」

あざみが艶を含んだ声で促した。

「うむ……」

仁左衛門はギヤマンの窓を覗いた。

部屋の中には、縛られた若い男と女がいた。

行燈《あんどん》の淡い光が揺れているのは、片隅に置かれた銀の香炉からゆらゆらと昇る紫煙のせいだった。

「何者だ……」

「不義密通を働いた者どもにございます」

「そうか……」

「不義密通はお家の法度、死罪だ。若い男と女は、既に死ぬ覚悟を決めたのか、悄然と項垂《うなだ》れていた。

紫煙が一筋、銀の香炉からゆらゆらと昇り続ける。

「そろそろ小半刻《こはんとき》（三十分）、間もなく阿片《あへん》は、燃え尽きます……」

あざみが、嘲《あざけ》りを浮かべた眼差しを向けた。

仁左衛門は黙って頷き、若い男と女に冷徹な眼差しを向け続けた。

銀の香炉から立ち昇る煙の色が、白く変わった。

仁左衛門は、若い男女を冷徹に観察し続けた。

若い男と女は、獣のような異様な声をあげながら、白い煙に包まれていく。

若い男と女は、いつしか身体の全ての機能を弛緩《しかん》させて絶命した。

白い煙は毒……。

銀の香炉は、阿片を燃やし尽くした後、秘められた毒に点火する細工が施してあった。

文吉の細工だった。

「見事な細工だが、毒の効き目が遅い……」

「はい。もっと早くなければ、気付かれて逃げられる恐れがございます」

あざみは、上擦った声で答えた。そこには恍惚さが滲んでいた。

「うむ。毒探し、急がせよう……」

実験は終わった。

仁左衛門は、あざみを残して暗い小部屋を出た。

一人残ったあざみは、その顔に恍惚さを溢れさせた。

あざみは阿片を扱う内に、己もその毒に侵されてしまっていた。阿片に侵された忍びは、最早使い捨てにするしかない。

仁左衛門は、屋敷の冷え冷えとした廊下を歩きながら、女忍びあざみの最後の使い道を考えた。

三

人斬り浪人の相良は、日本橋川に架かる一石橋《いっこく》の北の橋詰に佇み、誰かを待っていた。

左近は物陰に潜んで見守った。

やがて、武士達に警固《けいご》された駕籠が、日本橋川の東からやってきた。

相良は橋詰から進み出て、警固頭の武士に小さく頷き、駕籠の背後について一石橋を渡った。

相良と武士達に警固された駕籠は、外堀沿いを真っ直ぐ南に進み、山下御門に近づいた。

空《くう》を切る音が、闇の中で微かに鳴った。

咄嗟に相良は、傍らにいた警固の武士を突き飛ばした。武士はたたらを踏んで駕籠にぶつかった。同時に短弩《たんど》の矢が、武士の腹を貫き、駕籠の戸に縫いつけた。

短弩とは、今でいうクロスボウであり、有効射程距離は三百メートルの命中率の高い武器であった。

短弩の矢は、駕籠の中の土方縫殿助の耳元で辛うじて止まった。武士の腹を貫かなければ、矢は土方の横顔に突き刺さった筈だ。

相良は、躱す暇のない短弩の矢を警固の武士の命で防いだのだ。

「土方様を守れ」

相良が怒鳴った。

警固の武士達が、駕籠を取り囲んで我身を楯にした。

相良は刀を抜き、前後左右に打ち払った。甲高い金属音が短く鳴り、何かが次々と弾き飛ばされた。

弾き飛ばされた一つが、物陰にいた左近の傍に落ちた。

左近はそれを拾いあげ、微かな衝撃を受けた。弾き飛ばされたものは、黒く塗られた畳針のように細い手裏剣であった。

陽炎……。

左近は、相良が立ち向かっている闇を見つめた。

次の瞬間、闇の中から忍び姿の陽炎が現れ、駕籠に向かって疾走した。

「行け」

相良は警固の武士に怒鳴り、疾走してくる陽炎が間合いに入るなり、刃風を唸らせて鋭く斬りつけた。

刹那《せつな》、陽炎は、地を蹴って夜空に舞った。そして、相良の頭上を飛び越え、逃げる駕籠に襲い掛かった。

黒い影が、四方から現れて陽炎を遮った。陽炎は、咄嗟に反転して地に舞い降りた。同時に、黒い影の一つが、夜空に高々と飛びあがり、地に舞い降りた陽炎に投網《とあみ》を放った。

投網に搦《から》め捕られた陽炎は、刀で断ち斬ろうとした。だが、投網には極細の鎖が編み込まれていた。投網を放った黒い影が、網の中でもがく陽炎の肩を斬り、刀を奪い取った。

土方の乗った駕籠は、すでに橋を渡って外堀を越え、山下御門内に逃げ去っていた。

黒い影も忍びの者であった。

陽炎は、忍びの者たちに取り押さえられた。斬られた肩の傷から血が滴った。だが、不思議に痛みは感じなかった。

「危なかったな、平蔵《へいぞう》……」

投網を放った忍びの者が、相良に囁いた。

「それより陣内《じんない》、こ奴、秩父忍びか……」

「おそらく……」

柘植《つげ》の陣内が、陽炎の覆面をむしり取った。

陽炎は顔を背《そむ》けた。途端に相良平蔵の平手打ちが、陽炎の頬で鳴った。

陽炎は、相良を睨みつけた。

「面白い。誰に命じられての仕業《しわざ》か、じっくりと身体に聞いてやる……」

陣内の眼が、好色さと残虐さの混じった輝きを浮かべた。

辱めを受けてはならぬ、これ迄だ……。

陽炎は舌を噛み切ろうとした。だが、陣内が、素早く陽炎に猿轡《さるぐつわ》を噛ませた。

「せっかくの玩具、死なせるものか……」

忍びの者が、陽炎を引きずり立たせると同時に棒のように倒れた。黒く塗られた陽炎の手裏剣が、首筋に深々と突き刺さっていた。

次の瞬間、暗がりから現れた左近が、無明刀を閃かせた。忍びの者たちが、躱す間もなく斬り棄てられた。

左近……。

陽炎は左近の出現に驚いた。驚いたのは相良と陣内も同じだった。

「逃げろ……」

左近は、忍びの者たちを無造作に斬り棄てながら陽炎に囁いた。

左近の香りが、微かに漂った。

陽炎は肩の傷に、初めて痛みを感じた。

「女か……」

それは、左近と逢った衝撃のせいなのかもしれない。

何故か陽炎は、逃げるのを躊躇《ためら》った。

「早く行け」

左近が陽炎を突き飛ばした。

配下を斬り棄てられた陣内は、湧きあがる怒りを内に秘めて左近に襲い掛かった。

左近の無明刀が、星の瞬きのように閃いた。陣内が弾かれたように飛び、左近の横薙《よこなぎ》の一閃を辛《かろ》うじて躱した。相良が間を置かず、左近に鋭く斬り込んだ。

斬り結ぶ三人の刀が、甲高い金属音と火花を散らし、光芒を放って交錯した。

陽炎は逃げた。

見届けた左近は、無明刀をゆっくりと大上段に構え、全身を隙だらけにして誘った。

天衣無縫の構えだ。

剣は瞬速……。

敵が間合いに入った瞬間、無明刀を斬り下ろす。左近は、己の剣の速さと強さに絶対の自信を抱いていた。

相良と陣内は、思わず攻撃を躊躇った。動物としての本能が、隙をさらす左近に秘められた危険を察知したのだ。

これまでだ……。

左近は微かな笑みを浮かべ、素早く身を翻して闇に消えた。


猪牙舟は、八丁堀をゆっくりと流れ、海に向かっていた。傷ついた陽炎が、船底に横たわり、満天の星を見上げていた。

山下《やました》御門から木挽橋に逃れた陽炎は、三十間堀《さんじっけんぼり》の船着き場に係留されていた猪牙舟に乗り、八丁堀に出た。そして、江戸湊への流れに任せ、船底に傷ついた身を横たえた。

何故、左近は現れたのだ……。

陽炎は土方縫殿助暗殺失敗より、左近の出現が気になっていた。

左近は幼馴染みであり、初恋の相手。いや、それ以上に兄の結城左近を殺し、秩父忍びを裏切った者なのだ。許せない相手なのだ。

その左近が、助けてくれた。

猪牙舟は稲荷橋を潜り、小さく揺れた。江戸湊に近づいたのだ。揺れは、潮騒と共に大きくなっていく。右手の石垣の上に、鉄砲洲波除稲荷が見えた。

波除稲荷の裏には、燃え落ちた公事宿巴屋の寮が再建されていた。左近はそこに帰ってくる筈だ。

陽炎は身を起こした。肩の傷が痛んだ。

冷たい海風が、頬を撫ぜるように吹き抜けた。

陽炎は再び船底に横たわり、そっと眼を閉じた。眼尻に涙が溢れ、頬をゆっくりと伝って落ちた。

江戸湊に出た猪牙舟は、潮騒に包まれて不安げに揺れた。

土方様……。

人斬り浪人の相良平蔵は、陽炎が殺そうとした駕籠に乗っていた者をそう呼んだ。

「土方ねぇ……」

房吉が首をひねった。

「左近さん、その土方様、山下御門内に入ったのですね」

彦兵衛が尋ねた。

「ええ、かなり身分の高い武士と見受けました」

「山下御門に入ったとなると、外桜田《そとさくらだ》……左近さん、土方様ってのは、おそらく土方縫殿助のことでしょう」

「土方縫殿助……」

「旦那、何者ですかい」

「沼津藩の家老でね。沼津藩の江戸上屋敷は外桜田にある」

外桜田は、山下御門内にある大名屋敷の連なる一帯である。彦兵衛は、山下御門に入った『土方様』が、外桜田の大名家に関わる者と睨み、沼津藩家老の土方縫殿助を割り出したのだ。

「旦那、沼津藩の殿様、誰でしたっけ」

「御老中の水野出羽守《でわのかみ》様だよ……」

「御老中……」

房吉が素《す》っ頓狂《とんきょう》な声をあげた。

「水野出羽守……」

「ええ。今や、飛ぶ鳥を落とす勢い、権勢並ぶ者なしって御公儀の大立者ですよ……」

沼津藩主水野出羽守忠成は、西丸留守居《るすい》の旗本岡野肥前守《おかのひぜんのかみ》の次男であったが、水野の末家の養子となり、ついで本家の養子となって沼津藩主の大名となった。その後、出羽守忠成は、将軍家斉《いえなり》の側近となり、重用された。

「田や沼やよごれた御代を改めて、清くすむる白河《しらがわ》の水」

時は、松平定信《まつだいらさだのぶ》が老中として辣腕を振るい、田沼意次《たぬまおきつぐ》時代の腐敗を一掃する政治を行っていた。世にいう寛政《かんせい》の改革だった。

「白河の清き流れに魚住まず、濁れる田沼いまは恋しき」

当時、江戸の町に残された有名な落首《らくしゅ》だ。それは、人々が老中松平定信の理想に燃えた清廉潔白な政治に飽きて疎《うと》み、経済優先の重商政策を取った田沼意次の時代を懐かしんで詠《よ》んだものだ。

その後、松平定信が失脚し、出羽守忠成の時代が訪れた。

「水の出てもとの田沼になりにける」

附句は、水野出羽守忠成を田沼意次と同列に並ぶ政治家としていた。

今、出羽守忠成は老中となって権勢をほしいままにし、松平定信は既に隠居し、楽翁と名乗っている。

「家老の土方縫殿助は、その水野出羽守の懐刀と呼ばれている男でしてね……」

彦兵衛の説明は続いた。

土方縫殿助は、主君水野出羽守忠成を老中にした男であった。

土方は、これと目をつけた幕府実力者に近づくため、意表をつく奇抜な手段を用いた。

それは、近づきを願う者の屋敷の前で、病気を装ってそこに入り込むものであった。そして、屋敷内で休ませて貰い、「お陰様で治りました」と帰り、翌日になって莫大な贈り物を持参し、主人から門番に到るまで丁重に礼をいって廻るのだ。時には、わざと落馬して、屋敷内での着替えを頼み、昵懇《じっこん》になったこともあったという。

土方は、臆面もなくそうした真似を繰り返し、主の水野出羽守を売り込み、応援団を作り上げて、老中に押しあげたのだった。

面白い男……。

左近は苦笑した。

だが、その面白さの裏には、冷徹な凄味が秘められている。

面白い男は、恐ろしい男でもあった。

松蔵や文吉を殺した人斬り浪人の相良平蔵たちは、その沼津藩家老土方縫殿助と繋がりがあった。それは取りも直さず、献残屋蓬莱堂仁左衛門も関わりがあるということだ。

文吉が作った銀の香炉は、意外な者達に繋がり始めた。

「この一件、思ったより、根が深そうですね……」

公事宿巴屋は、銀の香炉の後金十両を巡る公事訴訟から殺人事件に巻きこまれ、巨大な権力と対立する情況になったのだ。

それは、公事宿巴屋出入物吟味人である左近も同じだった。

「どうします、旦那……」

房吉は上擦《うわず》った声で彦兵衛に尋ね、肩の凝りをほぐすように、首を左右に動かした。ひどく緊張した時の癖だった。

「やるしかあるまい……」

「言っちゃあなんですが、たった十両の金を巡る公事の始末。それでもやりますかい」

「房吉、そのたった十両の金で、二人の人間が殺されたんだ。公事の中身がどうであろうが、公事宿巴屋の意地を貫くしかあるまい。たとえ巴屋が潰されたとしてもな……」

彦兵衛は、公事宿巴屋の身代と己の命を賭けて文吉の公事訴訟の始末をつけようとしている。

「事の真相を暴いて、天下に報せる。そいつが、私にできる文吉さんへの唯一の供養……」

彦兵衛は優しい微笑みをみせながら、不敵に言い放った。

「左近さん、できましたら、お付き合い願えますか」

「いいですよ」

左近が世間話をするように応じた。何の力みも恐怖も感じられなかった。

「分かりました。あっしも覚悟を決めます」

房吉が続いた。

「房吉、お前にはお絹《きぬ》さんがいる。無理はしない方がいい」

「冗談じゃありません。お絹は旦那や左近さんと一緒に働くあっしに惚れてくれたんです。ここであっしだけ手を引いたら、嫁になんか来てくれませんぜ」

房吉は真顔でのろけた。

お絹とは、左近が公事宿巴屋出入物吟味人として初めて携わった由井正雪の軍資金事件の発端となった公事訴訟を持ち込んだ娘だった。そしてお絹は、悪党たちに捕らわれ、過酷な目に遇ったが、左近と房吉によって辛うじて助けられた。その時、房吉はすでにお絹を愛していた。房吉は愛するお絹の恨みを晴らすため、彦兵衛や左近に内緒で悪党の一人を殺した。

勿論《もちろん》、彦兵衛と左近は、その殺しの下手人が房吉だと気付いていたが、敢えて確かめようとはしなかった。

「そいつは大変だ……」

「へい、まったくで……」

彦兵衛と房吉は、声を揃えて笑った。だが、二人の笑い声は、緊張に乾いて掠《かす》れていた。

「旦那、酒でも飲みますか……」

「ああ……」

房吉は台所に立った。

彦兵衛と房吉は、命を失うかもしれない恐怖を懸命に隠して、巨大な権力に立ち向かおうとしている。

依頼人を守ってやれなかった悔いと、公事宿巴屋の名と意地に懸けて闘う気なのだ。

見事な覚悟だ……。

左近は、二人の潔さに微笑まずにいられなかった。

房吉が、三つの湯飲みに酒をついだ。

彦兵衛が黙って湯飲みを取り、そっと掲げた。左近と房吉も、それに倣《なら》った。

酒のつがれた三つの湯飲みが集まった。

水杯《みずさかずき》……。

別れの杯といえるのかも知れない。これからの三人は、いつ何処で誰に殺されるか、分かりはしないのだ。

三人は微笑みを浮かべ、黙って湯飲みの酒を飲み干した。


陽炎……。

左近は、その顔を思い浮かべた。

肩に手傷を負った陽炎は、燃え上がる炎の中に哄笑《こうしょう》をあげて消えた時より、弱々しく哀しげに見えた。

その陽炎が、たった一人で老中水野出羽守の懐刀土方縫殿助を闇討ちし、その命を奪おうとしたのだ。

それは、秩父忍びとして誰かに金で雇われてのことなのだろうか、それとも……。

記憶を失う以前の左近は、陽炎の兄と共に何者かを暗殺しようとして失敗したと言う。

陽炎の土方縫殿助襲撃は、それと関わりがあるのだろうか……。

銀の香炉の秘密とは、何なのだろう……。

そして、巨大な権力の背後に隠されているものは、何なのか……。

左近の脳裏には、陽炎への想いと様々な疑惑が交錯し、激しく渦巻き、満ち溢れていった。

第二章　赤い蜘蛛

一

蓬莱堂仁左衛門は、何事もなかったかのように大名や大身旗本の屋敷を訪れ、献残屋の商売を続けていた。

陽炎の土方襲撃、左近の出現……。

仁左衛門が、人斬り浪人相良平蔵や忍びの者たちと関わりがない筈はない。それなのに何の動揺も警戒も見せてはいない。

それは、本所二ツ目橋の百獣屋も同じで、弥平が店先で獣の肉を捌いていた。以前と何の変化もない。

つけ入る隙はある。

だが、何故か左近は、違和感を覚えた。

誘いだ……。

失った記憶が囁いた。

仁左衛門は、満々たる自信を持って左近を誘っている。左近を葬る策を巡らせて、待ち構えているのだ。

肚の据わった恐ろしい男。

仁左衛門の正体は、おそらく武士だ。献残屋を営んでいるのは、大名や大身旗本の屋敷に出入りして、その内情と動静を探るために違いない。

左近はそう読んだ。

仁左衛門が、左近を待ち構えている限り、特別な動きはしない筈だ。仁左衛門が動かない限り、左近も下手な真似はしない方がいい。

我慢比べだ……。

左近はそう決め、仁左衛門が動くまでは陽炎を探すことにした。

土方縫殿助を襲撃した理由を聞き、失っている記憶を取り戻すために……。

相良の報告に進展はなかった。

何故か左近は、蓬莱堂の監視を止めた。百獣屋にも一度行ったが、二度行く気配はない。女忍びを追っている陣内からも、芳《かんば》しい報せはなかった。

仁左衛門は少なからず苛立った。

相良と陣内たちが、土方様を襲撃した女忍びを捕らえた時、左近が助けに現れた理由が分からなかった。

あの日の昼間、左近は自分を尾行していた。そして、尾行を諦めさせて、弥平の営む百獣屋で相良平蔵に逢い、土方様の護衛を命じた。

もし、左近が相良を追って襲撃現場に現れたのなら、仁左衛門は左近の尾行を振り切れなかったことになる。

もう一つ考えられることは、左近が女忍びと行動を共にしていた場合だ。だが、もしそうであれば、左近も土方様の命を狙った筈だ。

相良と陣内の話では、左近は土方様の命は狙わなかった。それは確かなようだ。

やはり、自分が尾行を振り切れなかったのだ。

仁左衛門は悔やみ、一撃で葬るために誘いを掛けた。だが、左近は誘いに乗るどころか、蓬莱堂と自分への監視を解いた。

公事宿巴屋出入物吟味人日暮左近、只者ではない……。

仁左衛門は新たな闘志を燃やした。

瓦職人の徳松《とくまつ》の家を出た房吉は、山谷《さんや》堀に架かる今戸《いまど》橋に佇み、絶え間なくあがっている竈《かまど》の煙を眺めた。煙は風に吹かれて、様々な船の行き交う隅田川の上空に流れていた。

隅田川沿いの浅草今戸では、瓦や素焼きの土器が焼かれ、立ち昇る竈の煙は名物とされていた。

房吉は徳松を訪れ、従兄弟の娘であるお袖の行方を尋ねた。徳松は行方どころか、お袖という従兄弟の娘と逢ったこともなかった。

これ以上、訪れるべきお袖の親類はない。

お袖は江戸を出たのかもしれない……。

房吉は今戸橋を渡り、朱引内の聖天町《しょうでんちょう》に入った。

聖天町が、江戸歌舞伎の芝居町となるのは、後年の天保《てんぽう》年間であり、この頃はまだ芝居小屋はなかった。

やがて、金龍山浅草寺の伽藍《がらん》が見えた。

金龍山浅草寺は、一寸八分の金無垢《むく》の観音像を本尊としていた。縁起によれば、観音像は推古《すいこ》天皇の時代、宮戸川《みやとがわ》と呼ばれていた隅田川で漁をしていた兄弟の網にかかって引き上げられた。

そして、兄弟と郷司の三人に祀《まつ》られ、古くから庶民の信仰の対象となったのだ。

浅草寺の境内には、見世物小屋や水茶屋などが並び、奥山《おくやま》と呼ばれる盛り場がある。

本堂の隣には、観音像を隅田川から引き上げた兄弟と郷司の三人を祀る神社があった。三社祭で名高い三社権現である。神仏混合の時代、三社祭は観音祭りとも称された。そして、この当時、三社祭は三月十七、十八日に行われていた。

房吉は賽銭を投げ入れ、手を合わせた。

お袖が一刻も早く見つけられるように……。

そして、小田原《おだわら》にいる許嫁《いいなずけ》のお絹が、早く江戸に出てくるのを願った。

お絹は由井正雪の軍資金事件で、肉体的にも精神的にも大きな打撃を受けた。

房吉は春先、軍資金事件の落着を、お絹に告げに小田原に行った。その時、房吉はお絹を抱き、着物の下の素肌に手をのばした。だが、お絹は恐怖に震え、房吉を突き飛ばして激しく拒否した。

お絹は、肉体的には立ち直ったが、精神的打撃からまだ立ち直っていなかった。

房吉は詫びた。

詫びたのは、お絹もだった。お絹は涙を零《こぼ》して、房吉に謝った。

お絹の心が、一刻も早く立ち直りますように……。

房吉は、浅草観音に改めて手を合わせた。


左近は江戸川橋を渡り、北西に真っ直ぐ進んだ。やがて、神齢山《しんれいざん》護国寺《ごこくじ》に突き当たる。

護国寺は、五代将軍綱吉《つなよし》の生母桂昌院《けいしょういん》の発願《ほつがん》寺院だ。門前には、将軍のお成り道が続き、その地を奥女中の音羽《おとわ》に与えられたところから一帯は音羽町と呼ばれ、茶屋の並んだ盛り場になっていた。

左近は音羽町を通り抜け、護国寺の前を左手に曲がり、西青柳町《にしあおやぎちょう》から雑司《ぞうし》ケ《が》谷《や》の畑地に入った。

畑は小川沿いに広がり、奥に一際高い公孫樹《いちょう》の木が見えた。

左近は、由井正雪の軍資金事件の時、陽炎と共に挑み掛かってきた浪人氷室精《ひむろせい》一郎《いちろう》を斬った。左近は事件後、氷室精一郎が、鬼子母神《きしもじん》裏の雑木林の中の百 姓《ひゃくしょう》家《や》で薬草取りの男と暮らしていたのを知った。

当時、左近はすぐに訪れたが、陽炎は勿論、薬草取りの男もいなく、百姓家はもぬけの殻だった。薬草取りの男は、おそらく陽炎の仲間の秩父忍びなのだ。

今、左近は陽炎の手掛かりを求めて、再びその百姓家を訪れようとしていた。


雑木林の中に建つ小さな百姓家は、木漏れ日を浴びて静まり返っていた。

狭い百姓家の中は、前に訪れた時と少しも変わっていない。

左近は薄暗い家の中を見廻した。

人が暮らしている気配や痕跡は、何処にもなかった。左近は家を出ようとして、大黒柱の上に赤い蜘蛛がいるのに気付いた。

八本の足をのばした赤い蜘蛛。

左近は見上げた。

赤い蜘蛛は、紙に描かれた絵だった。

秩父忍び……。

失った記憶が囁いた。

左近は飛びあがり、赤い蜘蛛の描かれた紙を剝がした。

赤い蜘蛛が描かれた紙の裏には、黒地に白抜きの永楽通宝の紋所が記されていた。

赤い蜘蛛と永楽通宝の家紋が、何を意味するのかは分からない。だが、陽炎たち秩父忍びに関わる物に間違いはない。

左近は、赤い蜘蛛の描かれた紙を仕舞い、狭く薄暗い百姓家を出た。


広々とした畑には、昼下がりの暖かい日差しと、小鳥の囀《さえず》りが溢れていた。

左近は、野薊《あざみ》やたんぽぽが咲く小川の土手道を、護国寺に向かった。

小鳥の囀りが、いきなり消えた。

土手道の先に二人の浪人が現れた。

左近は歩いた。

横手の畑から、やはり二人の浪人が現れた。

左近は、歩みを止めなかった。

四人の浪人たちが、左近に向かって猛然と走り出した。

左近は、なおも歩みを止めなかった。

浪人たちが、走りながら抜刀した。刀が日差しに煌《きら》めいた。前後から左近に殺到した。

左近の姿が、四人の浪人たちの間に沈んだ。

浪人たちの刀が、唸りをあげて斬り下ろされた。次の瞬間、片膝をついた左近が、無明刀を横薙に一閃させた。

正面の浪人が、脚から血を撒き散らしてたたらを踏み、小川に頭から倒れ込んだ。

脛《すね》を切断された片脚が、左右に揺れながら左近の前に立っていた。

左近は振り向きもせず、無明刀を鋭く背後に突き出した。

斬り掛かろうとしていた背後の浪人が、抉《えぐ》られた喉から血を噴きあげて崩れた。

一瞬の出来事だった。

左近はゆっくり立ち上がり、残った二人の浪人に向かった。

二人の浪人は、恐怖に震え、絶望的な悲鳴をあげて左近に斬り掛かった。

砂利が鳴り、草花が千切れ、刀が煌めき、血が飛び散った。

首の血脈を撥《は》ね斬られた二人の浪人は、棒のように土埃をあげて倒れた。

小鳥が囀り始めた。囀りは湧くように広がり、畑を覆った。

左近は無明刀を鞘に納め、静かにその場から離れた。その後ろで切断された膝から下の脚が、左右に揺れながら音もなく倒れた。

四人の浪人が、相良平蔵の仲間なのか、陽炎に雇われた者なのかは分からない。相良と陽炎は、左近の剣の腕を知っている。左近が、浪人共の手に負える相手でないのは篤《とく》と承知の筈だ。

脅し。

それとも、新たな敵が現れたのか……。

左近は小鳥の囀りを浴びながら、長閑な風景の中を護国寺に向かった。

房吉は神田川に架かる新シ橋を渡り、明かりの灯り始めた両国に向かった。そして、広小路にある馴染みの居酒屋で、晩飯をかねて酒を少しだけ飲んだ。

漂う夜風は、春とはいえまだ冷たかった。

房吉は、馬喰町の巴屋に寄らず、裏通りを鎧ノ渡の傍の小網町《こあみちよう》にある長屋の自宅に急いだ。

小網町の場末の裏通りには、小さな飲み屋が並び、くどい化粧をした酌婦達が、客を引いていた。

房吉は袖を引く酌婦を振り切り、場末の裏通りを抜けた。その時、露地の奥の暗がりから、女の悲鳴が短くあがった。

房吉は露地奥の暗がりを透かし見た。女の苦しげな呻きと男たちの脅す声が、暗がりにある納屋《なや》から洩れていた。房吉は納屋に忍び寄り、戸の隙間から中を覗いた。

納屋の中では、二人の人足《にんそく》が女を押し倒していた。

若い人足が、逃れようともがく女の顔を横抱きにし、両の手を押さえつけていた。そして、兄貴分らしい髭面《ひげづら》の人足が、己の身体で女の下半身を押さえ、着物を乱暴にむしり取ろうとしていた。女は派手な着物から見て、酌婦のようだ。そして、二人の人足は、鎧ノ渡で働く者たちであろう。

床には、藁屑《わらくず》や塵《ちり》に混じって、女の稼ぎと思われる文銭や小粒が散らばっていた。

房吉は、苦痛に歪む女の顔を見て凍りついた。人足たちに手込めにされかけている女は、房吉が探し続けているお袖だった。

心地好い酔いが、一瞬にして吹き飛んだ。

怒りが湧きあがった。

房吉は拳大の石を手拭いに包み、その端を手に巻付けて握り、戸を蹴破って納屋に飛び込んだ。

髭面の人足が、驚いたように振り返った。房吉は手拭いに包んだ石を、その顔に叩きつけた。髭面の人足は、悲鳴をあげる間もなく鼻血を撒き散らして、仰向けに倒れた。

房吉は若い人足の脳天を石で殴った。若い人足は、白目を剝いて横倒しに倒れた。

房吉は、半ば気を失っているお袖を背負い、無言のまま納屋を走りでた。

お袖は助けてくれたのが、房吉だとは気付いていなかった。

房吉はお袖を背負い、暗く狭い露地を駆け抜けた。女を背負って逃げるのは、由井正雪の軍資金事件の時以来のことだった。あの時、房吉はお絹を背負って逃げた。お袖と同じような目に遇ったお絹を……。

「お前さん……」

お袖の譫言《うわごと》が、力なく哀しげに洩れた。そして、房吉の首筋に生暖かい雫《しずく》が一滴落ちた。

お袖の涙……。

無性に怒りが湧いた。

房吉はお袖と怒りを背負い、夜の闇を睨みつけて走った。

黒地に白抜きの永楽通宝の家紋。

彦兵衛が武鑑《ぶかん》を調べ、その家紋が沼津藩水野家のものと判明した。

沼津藩水野家、つまり土方縫殿助の主である老中水野忠成の家紋であった。

水野忠成の家紋と赤い蜘蛛……。

「……何の判じ物なのかしら」

おりんが、赤い蜘蛛と水野家の家紋の裏表に描かれた紙を透《す》かし見ていた。

「左近さん、秩父忍びに関わりがあるのは、間違いないのでしょうな」

「はい……」

彦兵衛が鋭い眼を左近に向けた。

「……見覚え、あるのですね」

「いいえ、見覚えはありませんが、そうとしか考えられないのです」

「そうですか……」

左近の失われた記憶が、戻ったわけではない。彦兵衛は何故かほっとした。

「左近さん、この家紋が御老中の水野忠成様のことなら、赤い蜘蛛は誰のことになるのかしら……」

おりんが素朴な疑問を口にした。

「赤い蜘蛛は……」

陽炎……。

失った記憶が囁いた。

「きっと、秩父忍びのことでしょう」

左近は、陽炎の名前を出さなかった。

「じゃあ、水野忠成様の御家老を襲った秩父の女忍びが、赤い蜘蛛なのね」

「つまり何かい、おりん。この赤い蜘蛛は、秩父忍びの暗殺命令だってのかい」

「うん。違うかしら……」

「おりんさんの言う通りでしょう」

左近が頷いた。

「わっ、左近さんもそう思う。ねっ、ねっ、やっぱりそうよね」

おりんは、左近が頷き、同意してくれたのが嬉しくて、場違いにはしゃいだ。

赤い蜘蛛の絵は、秩父忍びのお館様が、配下の忍びたちに発した命令なのだ。

「裏に描かれている家紋の主を暗殺しろってわけですか」

「そうです。土方縫殿助は水野忠成の懐刀。一心同体といっていいでしょう。だから秩父の女忍びは、土方を襲った……」

「なるほど……ですが、秩父忍びは何故、水野様の暗殺を企てているのですか」

「おそらく、水野忠成を敵とする者に金で雇われたのでしょう」

「水野忠成の敵ですか……」

「はい。何者か分かりますか」

「さあ……水の出て、もとの田沼になりにける、です。苦々しく思っている方は、きっと数えきれませんよ」

「そうですか……」

「ま、詳しく調べてみましょう……」

彦兵衛が話を打ち切り、おりんが酒を用意した。

海の微風は、僅かに飲んだ酒の酔いを心地好いものにしてくれた。

左近は、船宿『嶋や』の船頭平助の漕ぐ猪牙舟で、鉄砲洲波除稲荷裏の寮に向かっていた。

赤い蜘蛛と家紋の意味は、おそらく彦兵衛やおりんと語り合った通りだろう。

陽炎はたった一人で、土方縫殿助を暗殺しようとした。暗殺を命じられる忍びは、それなりの腕と技を持つ者と決まっている。

秩父忍びには、もう女忍びの陽炎しかいないのだろうか……。

「滅びる……」

左近は呟いた。

陽炎は一人、秩父忍びのために懸命に闘っている。左近は、漁火《いさりび》が瞬く暗い海に、陽炎の哀しげな顔を思い浮かべた。

三ツ俣を抜けた猪牙舟は、交差する日本橋川を横切って亀島川に入っていった。

日本橋川の上流に鎧ノ渡があり、右岸の小網町に房吉の住む裏長屋があった。


滅多に使わない竈の火は、中々燃え上がらなかった。

房吉はようやく沸いた湯を手桶に移し、行燈の灯る狭い居間に運んだ。

居間に敷かれた万年布団には、お袖が横たわっていた。

お袖は濃い化粧を醜く崩し、死んだように眠っていた。傍らにあるお袖の着物には、三枚の小判が縫い付けられていた。きっと、文吉の残した地金屋への借金五両を返すため、酌婦として懸命に働いて稼いだ金なのだ。

房吉は手桶の湯で手拭いを絞り、眠っているお袖の顔をそっと拭いた。

醜く崩れた化粧が、拭いとられた。お袖の素顔が現れた。

疲れ果てた哀しい顔だった。

身体の汚れも拭いとってやりたい。

思わぬ衝動が、房吉を突きあげた。

房吉は手拭いを持つ手を慌てて引いた。そして、眠り続けるお袖の顔を見つめた。

川を行く櫓の音が、微かに響いていた。

鉄砲洲波除稲荷裏にある巴屋の寮は、暗くひっそりと静まり返っていた。

燃え落ちて新築された寮は、八畳の居間に六畳の次の間、そして台所と奥の八畳の間取りだ。木の香りの漂う寮には、左近が一人で暮らしている。

黒い人影が、暗い居間にひっそりと座っていた。

忍び姿の陽炎だった。

居間には、木の香りに混じり、左近の匂いも微かに漂っていた。

陽炎は、左近の微かな匂いに包まれ、四半刻《しはんとき》も座り続けていた。

巴屋の寮に忍んだのは、兄を斬った憎い左近を討つためなのか、懐かしさの余りなのか、陽炎自身にも分からなかった。

ただ、はっきり言えることは、漂う左近の匂いに包まれて座っていると、何故か心が休まるということだった。

助けて……。

陽炎は小さく呟いた。

赤い蜘蛛の命令を受けた限り、標的は何としてでも倒さなければならない。それが、秩父忍びの掟だ。

兄が斬られ、左近が去った今、頼りになる秩父忍びは僅かしかいない。鬼子母神裏の雑木林の中の百姓家にいた薬遣いの久蔵《きゅうぞう》もその一人だ。だが久蔵は今、薬草探しの旅に出掛けたままだった。

陽炎は、久蔵が帰ってきた時のために、鬼子母神裏の雑木林の中の百姓家に赤い蜘蛛を残した。

陽炎一人で、水野忠成を暗殺しなければならない。水野忠成を葬るには、懐刀の土方縫殿助が邪魔なのだ。

土方縫殿助は伊賀の忍びを率いて、大名や大身旗本たちの弱みを握った。それが、水野忠成の老中としての秘めた力になっていた。

そして、土方の率いる伊賀者たちは、密かに水野の警固もしている。

土方縫殿助を葬らない限り、お館様に命じられた水野忠成暗殺は無理なのだ。

陽炎は土方を襲撃した。そして、失敗して左近に助けられた。

何故、私を助けたのだろう。兄の仇として命を狙う私を……。

そこには、私への想いが、まだ秘められているのだろうか……。

もし、そうだとしたら……。

櫓の響きが、陽炎の思考を中断させた。

左近が帰ってきたのだ。


波除稲荷界隈は、静かに繰り返される潮騒に包まれ、月明かりを浴びて寝静まっていた。

猪牙舟を降りた左近は、船頭の平助に心付けを渡して寮に急いだ。

居間に入った左近は、漂う木の香りの中に微かな異質な匂いを嗅ぎ取った。

誰かがいた。

左近はいきなり殺気を放った。

何者かが潜んでいれば、左近の鋭い殺気に咄嗟の反応を見せる筈だ。

左近は待った。

だが、反応は何もなかった。

家に侵入した者は、すでに消え去っている。

左近は、家に入り込み、異質な匂いを微かに残して去った者が、何者なのか考えた。

房吉ではない。ならば蓬莱堂仁左衛門か相良平蔵、或いはその配下の忍びの者たちなのかもしれない。だが、微かに漂っていた異質な匂いには、凶悪なものは感じとれなく、むしろ懐かしさを覚えさせた。

まさか……。

陽炎の顔が、左近の脳裏に閃光のように浮かんだ。

陽炎だ。

陽炎がいたのだ……。

左近は、暗い居間に立ち尽くした。

二

左近と彦兵衛は、房吉の報せに驚きはしなかった。

「やはり、文吉さんの作った銀の香炉には、そんな細工がしてあったのかい……」

「はい、香が燃え尽きると、仕込んでおいた別の香に火が廻る細工だと、お袖さんは文吉さんに聞いていたそうです。その別の香ってのが、毒だったら……」

「毒……」

「煙が人を殺すか……」

「きっと……」

「どう思います、左近さん」

「房吉さんの睨み通りだと思います」

「ってことは……」

「蓬萊堂仁左衛門、いや、土方縫殿助が銀の香炉を使い、誰かを密かに殺そうとしているのです……」

秩父忍びは、何者かの依頼で水野忠成と土方縫殿助の暗殺を企て、土方たちも誰かを密かに殺そうとしている。

土方たちが、密かに殺そうとしている相手は、秩父忍びに暗殺を依頼した者なのかもしれない。つまり、互いに暗殺を企てているのだ。

暗殺と暗殺……。

権力の裏側には、汚く醜い争いが蠢《うごめ》いているのだ。

「それにしてもお袖さん、酌婦をしてまで文吉さんの残した五両の借金、返そうとしていたとはね……」

あの夜、お袖は昏々《こんこん》と眠り続けた。そして翌日、お袖は眼を覚まし、助けてくれたのが公事宿巴屋の下代房吉だと知った。

房吉は詳しいことに触れず、気を失って倒れていたのをみつけ、自宅に運んだとだけ告げた。そして朝飯を作り、お袖にすすめた。

お袖は礼をいい、飯と汁だけの朝飯を食べた。

「あったかい……」

湯気の立つ汁を飲み、お袖は呟いた。

「味は保証できないけどね……」

お袖は微笑んだ。

目尻を涙で僅かに濡らして……。

「房吉、それでお袖さん、これからどうするんだい」

「住み込みで働いていた居酒屋には、戻りたくないと言いますので、しばらくあっしの家にいて貰おうかと思っています。で、左近さん、あっしを波除稲荷の寮に寄せちゃあくれませんか」

「構いませんよ」

「助かります。旦那、いいでしょう」

「左近さんに異存がなければ、いいだろう。それから房吉、これをお袖さんに……」

彦兵衛が紙入れから小判を二枚、取り出して房吉に差しだした。

「旦那、文吉さんの借金なら、此処に来る途中に……」

「……足りない二両、お前が出したのかい」

「はい。へそくりを……」

房吉らしい始末だった。

「じゃあ、お前が取っておくんだね」

「そんな……」

「なあに、これからお絹さんとの祝言《しゅうげん》もあるんだ。金は幾らあってもいいだろう」

「ありがとうございます……」

「さて、銀の香炉の秘密は分かったが、これからどうするかだな……」

「最早、手は引けないでしょう」

左近が厳しい面持で彦兵衛を見た。

「引きたくても、引けませんか……」

「ええ、我々はいろいろ知りました。もう、遅すぎます。闘い続けるしかありますまい」

「やっぱりね……」

彦兵衛は不敵に笑った。

公事宿を営み、出入物とはいえ、闘い続けてきた男だ。流石《さすが》に度胸は据わっていた。

「それに旦那、松蔵が文吉さんに払う筈の後金十両、このままにしちゃあおけませんぜ。松蔵の代わりに、野郎を斬った人斬り浪人の相良平蔵に払わせなきゃあ……」

「公事宿巴屋が預かった文吉さんの出入訴訟は、終わらないか……」

「ええ、違いますかい」

「いいや、房吉。お前の言うとおりだ」

彦兵衛と房吉は、公事宿巴屋の名に懸けて、依頼された出入訴訟を決着させる覚悟だ。

お袖を見つけた房吉は、相良が出入りしている本所二ツ目橋の百獣屋を見張ることにした。

「房吉さん、百獣屋で肉を捌いている弥平って年寄り、只者ではありません。決して無理をせず、呉々も気をつけて下さい」

「合点《がってん》承知」

房吉は左近の忠告に頷き、緊張した面持で首をしきりに左右に動かした。

「で、左近さんはどうします」

「仕掛けてみます」

事態は膠着《こうちゃく》状態だ。このままでは、埒《らち》が明かない。

「仕掛ける……」

「ええ、仕掛けると、仁左衛門たちがどう出るか……」

「大丈夫ですか……」

「やってみなければ分かりません」

左近は、彦兵衛の心配に小さく笑って答えた。


四月、お釈迦様に甘茶をかける灌仏会《かんぶつえ》も終わり、牡丹《ぼたん》や藤の花の季節になった。

行商の鋳掛屋《いかけや》が、二ツ目橋を渡って林町にやってきた。

鋳掛屋とは、破損した銅や鉄の鍋釜を修理する職人である。

二ツ目橋を渡ってきた鋳掛屋は、角の桶屋の主に声を掛け、軒下に店を開き、鞴《ふいご》で火を熾《お》こして鍋や釜の修繕を始めた。様子から見て、今日が初めてではなく、すでに何日か通っているようだ。

頬被りをした鋳掛屋は、房吉だった。

房吉が店を開いた場所から、百獣屋の表が見通せた。

百獣屋の店先では、弥平が黙々と鹿の肉をさばき、若い衆が忙しく開店の仕度をしている。

房吉は百獣屋の様子を窺いながら、近所のおかみさんに頼まれた鍋の底の小さな穴の修繕をしていた。

張り込みを始めて三日が過ぎていた。だが、相良平蔵の姿はなかった。

もう、鍋や釜をいくつ修繕しただろう。

房吉は、鍋や釜の底を叩き続けて、相良の現れるのを待った。


沼津藩の江戸上屋敷は、外桜田にあって藩主の水野出羽守忠成や家老の土方縫殿助が暮らしていた。

他には、北八丁堀の中屋敷、浜町《はまちょう》の下屋敷があった。

陽炎が襲撃した夜、相良平蔵は一石橋《いっこく》の橋詰で土方縫殿助の一行と落ち合い、外桜田の上屋敷に行った。

仮に土方が、沼津藩の他の江戸屋敷からきたとしたなら、地理的にみて浜町の下屋敷しかない。

大名家の下屋敷は、別荘的な役割をしており、普段は数人の藩士たちが留守番をしているだけだ。

左近が調べたところ、やはり土方は、度々《たびたび》下屋敷を訪れていた。蓬萊堂仁左衛門を相手に陰謀を企み、仕度をするには恰好の場所といえよう。

隅田川に架かる新大橋から三ツ俣に下り、安藤長門守の屋敷の角を右手に曲がり、掘割を遡った所に沼津藩江戸下屋敷はあった。

驚いたことにその掘割は、巴屋のある馬喰町に続いており、左近も良く使っていた。

沼津藩江戸下屋敷……。

左近は、掘割に架かる橋に佇み、下屋敷を見上げた。

下屋敷は静まり返り、異様な気配は窺えなかった。だが次の瞬間、左近は背後に微かな殺気を感じ取った。

掘割の水面にさざ波が走った。

相良平蔵か……。

いや、おそらく根津権現や山下御門前に現れた忍びの者だ。その忍びの者が、何処からか見張っているのだ。

左近は五感を緊張させた。殺気を放った忍びの者が、現れるのを待った。

殺気は二度と放たれず、忍びの者は現れなかった。

左近は緊張を解いた。

やはり、下屋敷に何か秘密があるのだ。

忍びの者は、左近が橋に佇み、下屋敷に注意を向けたのに思わず動揺し、本能的に殺気を放ってしまったのだ。

仕掛ける標的が決まった。


その日の見張りも、虚しく終わった。

相良平蔵は、百獣屋に現れなかった。房吉は鋳掛屋の道具を片付けて背負い、二ツ目橋を渡り、隅田川に向かって進み、一ツ目橋を御舟蔵沿いの道に入った。

日の暮れた御舟蔵沿いの道は、通る人も少なくひっそりとしていた。

行く手の木立の陰から人影が現れた。

房吉は思わず足を止めた。

木立から現れた人影は、百獣屋の弥平だった。弥平は、老人とは思えぬ鋭い眼差しで房吉を見据え、ゆっくりと近づいてきた。

百獣屋の老人は只者ではない……。

房吉は左近の忠告を思い出し、何事もないように歩みを進めた。

擦れ違う瞬間、弥平の鋭い眼差しが僅かに光った。

房吉は背筋に悪寒を感じ、咄嗟に背負っていた鋳掛屋の道具を弥平に投げつけた。

五寸程の六角の棒手裏剣が、低い音と共に鋳掛屋の道具に次々と打ちこまれた。

房吉は転がって逃げた。

弥平は皺の刻まれた顔に笑みを浮かべ、年寄りとは思えぬ跳躍で夜空に飛び、転がって逃げる房吉になおも棒手裏剣を放った。

棒手裏剣が、逃げる房吉の身体を掠め、音を立てて地を嚙む。

房吉は必死に転がり、隅田川に飛び込んだ。

隅田川の水は、四月になったとはいえ、冷たかった。

房吉はもがくように川に潜った。弥平の棒手裏剣が、気泡の尾を曳《ひ》いて追い縋ってきた。その一本が、房吉の太股の肉を抉《えぐ》った。

房吉は激痛に仰け反りながらも、浮かびあがる身体を必死に沈めようとした。

浮かびあがれば、必ず殺される……。

激痛と恐怖に包まれた房吉は、我を忘れて川に潜り、泳いだ。

抉られた傷から、血が流れ続けていた。

房吉は、嫌というほど水を飲み、溺れていく自分を感じていた。

溺死も殺されるのも、死ぬのは同じだ。

房吉は覚悟を決めて、隅田川の川面に浮かび上がった。喉が笛のように鳴った。息を吸おうとして激しく噎《む》せた。房吉は苦しくもがき、流れてきた空き樽に、必死に手をのばした。

水飛沫が、賑やかに飛んだ。

やっとの思いで空き樽にしがみついた。

房吉は辺りを見廻し、自分のいるところを確かめた。御舟蔵はすでに遠ざかり、新大橋に近づいていた。

逃げきれた。

そう思った時、気が遠くなった。

房吉のしがみついた空き樽は、江戸湊に向かって流れていった。

お袖は、左脚を血塗れにして倒れ込んできた房吉に驚いた。

房吉が気を取り戻した時、空き樽は三ツ俣の流れに乗り、永久《えいきゅう》橋を潜っていた。

太股を抉られた左脚には、すでに感覚がなかった。目の前に船着き場があった。

房吉は手と右脚を懸命に動かし、船着き場に近づき、這い上がったのだ。

お袖は房吉を布団に寝かし、熱い湯を飲ませてくれた。

房吉の身体の芯が、ゆっくりと温まり、固く縮まっていた全身の筋肉が緩み始めた。

また、気が遠くなる……。

房吉は、意識を失う自分を感じていた。

お袖は、房吉の傷の手当てを始めた。抉られた傷は、意外に深かった。

脚の血を拭い、その付け根を紐で固く縛って血止めをした。そして、傷口を焼酎で洗い、薬を塗って布と油紙を当て、晒《さらし》をしっかり巻いた。

今はこれしかできない。

お袖は、できるだけの手当てをした。気を失っている房吉は、出血と川に浸かっていたせいで青ざめ、微かに震えていた。

熱がある……。

温めなければいけない。

火鉢に炭をつぎ、竈に火を燃やした。狭い家の中は、すぐに暖かくなった。だが、房吉の震えは止まらない。

傷薬はあっても、熱冷ましはなかった。

お袖は不安になった。

房吉は、殺された亭主の文吉が、公事訴訟を頼んだ公事宿の下代でしかない。

だが、房吉は文吉を助けようとし、人足から自分を救い、地金屋の借金を返してくれた。

房吉の優しさが、ありがたく身にしみ、深く感謝していた。

その房吉が、熱に苦しみ、震えている。

なんとしてでも助けなければならない……。

お袖は、そう心に決めた。


子《ね》ノ刻、午前零時。

沼津藩下屋敷は、闇に紛れるように建っていた。

黒い人影は、表口である閉ざされた櫓《やぐら》門の上に現れた。

黒い胴着と細袴の左近だった。

四千坪ほどの敷地に建つ下屋敷は、静まり返っていた。櫓門の左右に並ぶ長屋には、下屋敷詰の藩士や中間《ちゅうげん》たちが寝ている。

御殿には、玄関式台《しきだい》、伺候《しこう》の間、広間、書院、台所、御座《ござ》の間《ま》などの表《おもて》があり、続いて奥向《おくむき》と称される奥方が使う男子禁制の奥御殿があった。そして周囲には、泉水のある庭や藩士たちが住む長屋、土蔵、厩《うまや》、的場などが囲むように配置されている。

昼間、殺気を放った忍びの者も、何処かに潜み、警戒しているのに違いない。左近は無明刀だけを頼りにして、櫓門の屋根を鋭く蹴り、化鳥《けちょう》のように御殿の大屋根に飛んだ。腰に下げた印籠が、弾むように小さく揺れた。

夜の静寂が歪んだ。

仁左衛門の研ぎ澄ました感覚が、素早く反応した。

来た……。

「頭領……」

陣内が、天井裏から囁きかけてきた。

「屋根か……」

「はい……」

「容赦はいらぬ……」

陣内の気配が、天井裏から消えた。

公事宿巴屋の出入物吟味人日暮左近。その正体が何者かは知らないが、邪魔者であるのは間違いない。

斬り棄ててくれる。

仁左衛門は闘志を燃やした。


左近は大屋根を走った。

奥御殿の屋根に来た時、八方手裏剣が四方の闇から左近を襲った。

左近は夜空に高々と跳躍して躱《かわ》し、そのまま泉水のある庭に飛んだ。

忍びの者たちが、庭に浮かぶように現れて、忍び刀を抜き払った。

左近の眼下に、鈍い光を放つ忍び刀が林立した。

怯むな……。

失った記憶が囁いた。

左近は、忍び刀の林の中に構わず落下した。

忍びの者たちは、怯みもせず頭上を覆ってくる左近に動揺した。忍び刀が僅かに揺れた。次の瞬間、左近は一瞬の輝きを放ち、忍びの者たちの中に消えた。

数人の忍びの者が、声もあげずに倒れ、残った者たちは闇の奥に退いた。

片膝をついていた左近が、いつ抜いたのか分からぬ無明刀を輝かせて立ちあがった。

剣は瞬速。

左近は見切りに入った瞬間、待ち構える忍びの者たちに圧倒的な速さで無明刀を閃かせて、着地したのだ。

忍びの者たちが、闇を飛んで左近に殺到した。

無明刀が、星のように瞬き、忍びの者たちの首や腕が、血煙をあげて池に飛び、水を赤く染めた。

忍びの者たちは、再び闇に姿を隠し、左近に手裏剣を集中した。

無明刀で打ち落とし、躱すのも限りがある。

左近は、奥御殿に飛び込んだ。

長い廊下が、暗く冷え冷えと続いていた。

手裏剣は、なおも追ってきた。

左近は走った。

鉄槍が、左右の壁から走る左近を襲った。

咄嗟に左近は、身体を水平にして鉄槍の上を飛び越え、そのまま回転して板戸を蹴破り、座敷に転がり込んだ。

羽根を唸らせた打矢《うちや》が、次々と飛来した。打矢とは、手裏剣のように投げる一尺程の矢で、射程は短く、狭い場所で有効な武器だ。

左近は、次々と飛来する打矢を無明刀で打ち払い、襖を破って次の間に入った。

刃風が鋭く鳴った。

左近は無明刀を一閃させながら、身を投げ出して躱した。忍びの者が、鋭く斬りつけてきた。左近は弾かれたように飛び起きて、火花を散らせて斬り結んだ。

覆面に包まれた忍びの者の顔が、火花に照らされて浮かんだ。

柘植の陣内だった。

左近と陣内は、闇に包まれて激しく闘った。だが、狭い屋内での闘いは、忍びには不利だ。まして主《しゅう》筋、或いは雇い主の御殿での闘いに、火薬の類《たぐい》は使えない。

左近の無明刀は、容赦なく陣内に襲い掛かった。

陣内は身軽に躱しながら退き、壁を走ってのぼり、天井から反転して襲いかかった。

無明刀が閃いた。

陣内の左脚の膝から下が、血を撒き散らして飛んだ。斬り飛ばされたのだ。体勢を崩した陣内が、畳に叩きつけられた。斬り口から溢れでた血が、辺りを真っ赤に染めていく。

陣内を倒された忍びの者たちが、狂ったように左近に殺到した。

左近は走った。

襖を次々と蹴倒して走った。無明刀が閃く度に忍びの者が倒れた。

左近は、奥御殿から表御殿へと侵入した。

飛び散る忍びの者たちの血は、左近の血を熱く滾《たぎ》らせていった。

言い知れぬ快感が、左近の五体に満ち溢れていた。いつしか左近は、人を斬ることに快感を覚えていたのだ。猛《たけ》り狂った快感は、秘められた狂気と呼んでいいのかもしれない。

左近は返り血に身を赤く染め、野に放たれた獰猛《どうもう》な獣のように御殿を疾走し、忍びの者たちを蹂躪《じゅうりん》した。

失った記憶に秘められた己の狂気に気付かずに……。

左近は、放たれた矢の如く御殿の真ん中を貫いていた。

「おのれ、日暮左近……」

仁左衛門は怒りに震えた。

左近は、まるで藁束でも斬るかの如く、配下の忍びたちを無造作に斬り棄てて走り続けている。

すでに表御殿の御座の間を通った。後は応接間である書院と伺候の間、式台だ。このまま御殿を貫かれ、式台を抜けて表口の櫓門から脱出されれば、計り知れない屈辱と打撃を受けるのは間違いない。

仁左衛門の怒りは、頂点に達した。


左近は追い縋る忍びの者を斬り棄て、書院に踏み込んだ。

胴着と細袴には、血が染み込み、かなりの重さになっていた。染み込んだ血は、忍びの者たちを斬った返り血だけではなく、全身に浅手を負った左近自身の血もあった。

胴着と細袴が重く感じるのは、血が染み込んだだけではなく、体力が落ちている証拠でもあった。

退け……。

失った記憶が囁いた。

左近は、式台に向かって走った。

刹那、激しい殺気が、左近に放たれた。

殺気は左近に覆い被さり、一気に押し潰そうとした。圧倒された左近は、思わず背後に飛びさがった。

或《あ》る感覚が蘇り、全身を突きあげた。

恐怖だった。

左近は、恐怖を知っていた。

俺は知っている。かつて俺は、恐怖を味わい、知っているのだ。決して初めての感覚ではないのだ。

そして、それは……。

失った記憶の断片が、蘇りかけた時、激しい殺気を放った者が現れた。

蓬萊堂仁左衛門だった。

左近の蘇りかけた記憶の断片が、瞬時に消え去った。

仁左衛門は、左近に激しい殺気を浴びせながら、ゆっくりと迫った。

出方を窺うしかない。

左近は無明刀を閃かせた。

甲高い金属音が響き、火花が散った。

仁左衛門が、無明刀を鋼《はがね》の手甲《てっこう》をした左腕で受け止め、やはり鋼の手甲をした右手で殴りかかってきた。

鋼で覆われた拳が、唸りをあげて光った。

仰け反った左近の頰から血が飛んだ。

仁左衛門の右の手甲から鋭い剣が現れ、光り輝いたのだ。鋼の手甲は、掌を握って拳にすると小柄《こづか》ほどの剣が現れる細工がされていた。

その隠された剣が、左近の頰の肉を僅かに斬り裂いた。

鋼の手甲は、防具であり武器でもあった。おそらく仁左衛門は、全身を防備と武器で固め、体術での闘いをしようとしているのだ。それは、槍や刀の扱いの面倒な屋内での闘いでは、何倍も有利といえる。

流石は蓬萊堂仁左衛門だ。

「秩父忍びか……」

左近は首を横に振った。

「ならば、何者だ……」

仁左衛門が、鷹のように両手を広げ、ゆっくりと左近に迫った。

退け……。

失った記憶が、再び囁いた。

左近は腰の印籠を取り、仁左衛門に投げつけた。鋼の手甲が、弾き飛ばした。

印籠は壁に当たって壊れ、激しく火を噴いた。火薬と火種が、仕込まれていたのだ。

仁左衛門は狼狽《ろうばい》した。

如何に下屋敷とはいえ、大名家が火事を出して許される筈はない。万が一、隣の牧野《まきの》豊前守《ぶぜんのかみ》や秋元《あきもと》但馬守《たじまのかみ》の屋敷に燃え移ったら、たとえ老中水野出羽守であっても、家中取締不行届となり、只では済まない。

火は一瞬にして広がり、書院は炎で溢れた。

「おのれ……」

仁左衛門は、左近に襲いかかろうとした。だが、燃え盛る炎が、行く手を遮った。次の瞬間、左近は炎の奥に消えた。

駆け付けた配下の忍びの者たちが、慌てて火を消し始めた。

すでに左近は、下屋敷から脱出した筈だ。

日暮左近、ただの剣の使い手ではない。忍び陣を突破し、陣内たちを倒した手《て》練《だれ》、そして火薬を仕込んだ印籠には、忍びの心得が秘められていた。

やはり、忍びの者……。

仁左衛門は屈辱に塗れ、怒りに震えた。

左近は岸辺に走り、三ツ俣に飛び込んだ。

頰の傷を始めとした浅手が、水に晒されて痛みが走った。

左近は血塗れの胴着と細袴を脱ぎ棄て、下帯一本になって波除稲荷に向かって泳いだ。猛々しく滾った全身の血が、急速に冷えていった。

三

鉄砲洲波除稲荷裏の巴屋の寮に、房吉は帰ってきていなかった。

左近は火を熾こし、全身に負った傷を調べた。かすり傷ばかりだ。幸いなことに、仁左衛門と配下の忍びたちは、毒を使った形跡はない。左近は手早く傷の手当てをした。

蓬莱堂仁左衛門は、やはり沼津藩と深い関わりがあった。そして、忍びの者たちを束ねる頭領なのだ。

仁左衛門が、このまま黙っている筈はない。公事宿巴屋を調べ、この寮も突き止めてくるのに時は掛からないだろう。いや、すでに突き止めているのかも知れない。

一刻も早く、此処から消えなければならない……。

寮を出た左近は、八丁堀沿いの道を巴屋に急いだ。

江戸湊の空は、すでに夜明け色に変わっていた。

房吉は驚いた。

全裸のお袖が、自分を抱いて眠っているのに驚かずにはいられなかった。

お袖の素肌は、下帯一本の房吉を温かく抱きつつんでいる。

おそらく、熱に苦しむ自分を助けようとしてのことなのだ。

眠るお袖の素顔は、邪気のない穏やかなものだった。

房吉は、己の素肌に密着しているお袖の乳房や太股、そして尻の豊かさに気付いた。それは、人妻としての艶なのかもしれない。

房吉の男が疼《うず》いた。

思わず目を瞑《つぶ》った。

許嫁のお絹の顔が、瞼の裏に浮かんだ。

だが、房吉の男は、なおも疼いた。房吉は眼を固く瞑り続けた。眠るお袖の手が無意識に房吉の背を撫ぜ、抱き締めてきた。

早く布団を出るべきだ。

房吉はそう思った。だが、房吉の男は、布団から出るのを拒んだ。

朝日が障子越しに差し込んできた……。


左近は彦兵衛に事の次第を説明し、波除稲荷裏の寮を出て姿を隠すと伝えた。

「で、あてはあるのですか」

「ええ……」

左近は、彦兵衛にも隠れる場所を教えるつもりはない。危険過ぎるからだ。

「分かりました。で、繋ぎはどうします」

「奇縁氷人石を使いましょう」

奇縁氷人石。それは、由井正雪の軍資金を巡る事件の時、鍵になった四尺程の石碑で湯島《ゆしま》天神の境内にあった。石碑の右側に『たつぬるかた』、左側に『をしふるかた』と彫られ、男女の縁や迷子探しなどの願い事を書いた紙を貼って仲立ちをする石である。

「いいじゃない。私、毎日、見にいくわ」

おりんが浮きうきした調子で口を挟んだ。

「ふん、いいだろう。じゃあ、左近さん、そういうことで……」

「承知しました……」

彦兵衛は、馴染みの船宿『嶋や』に婆やのお春《はる》を走らせて、屋根船を手配した。

おりんが左近の着替えを揃え、彦兵衛が当座の軍資金を用意してくれた。

房吉がいない。

左近は気になった。

房吉は自分の家にお袖を住まわせ、本所二ツ目橋の百獣屋の見張りが終われば、波除稲荷裏の寮に帰ってくることになっていた。だが、昨夜は帰らなかった。そして、巴屋にもいなかった。

房吉の身に何かあったのだろうか……。

「彦兵衛殿、房吉さんが気になります」

「房吉ですか」

「ええ。昨夜、波除稲荷に帰ってきませんでした」

「お絹さんと夫婦約束を交わしたといっても、房吉も生身の若い男、たまには遊びたくなったのでしょう」

彦兵衛は、屈託なく笑った。


巴屋の真裏には妾《めかけ》稼業の女が、小女《こおんな》のおかよと住んでいた。

表からの出入りが拙《まず》い時、彦兵衛たちは庭からその家を通り抜け、筋違いの通りに出る。

監視を恐れた左近は、庭掃除をしていたおかよに声をかけ、その道筋を通って両国橋に急いだ。

両国橋の船着き場には、船宿『嶋や』の船頭平助が、屋根船を廻して待っていた。

尾行者はいない。

「江戸川《えどがわ》橋……」

左近は平助に囁き、素早く屋根船に乗った。

平助の漕ぐ屋根船は、ゆっくりと神田川を遡り始めた。

屋根船を降りた左近は、着替えの包みを持って江戸川橋を渡り、目白坂《めじろ》を進んだ。

目白坂には、柳生播磨守《やぎゅうはりまのかみ》、細川越中守《ほそかわえっちゅうのかみ》、小笠原信濃守《おがさわらしなののかみ》、土井能登守《どいのとのかみ》などの下屋敷が軒を連ねている。足早に通り抜けた左近は、町家が並ぶ下雑司ケ谷町に入った。その先に大いちょうの木のある鬼子母神があった。

雑司ケ谷鬼子母神は、安産と子育ての神として庶民に敬われていた。境内の茶店では、すすき細工のみみずくや風車が売られ、参詣客がちらほら訪れていた。

鬼子母神裏の雑木林の中に、赤い蜘蛛の描かれた紙のあった百姓家がある。秩父忍び薬師の久蔵の隠れ家だ。

左近は、その百姓家に潜むことにしていた。

百姓家の中は、冷たく沈んでいた。

家の主が戻り、陽炎が訪れた気配はなく、人が入り込んだ様子もない。

左近は暫《しばら》くの間、ここに潜んで蓬莱堂仁左衛門や土方縫殿助の動きを探り、闘うことに決めた。決めた理由は、巴屋と何の関わりもなく、仁左衛門たちに知られていないからだ。

他にも理由がある。

陽炎と逢えるかもしれない……。

最も大きな理由と言えた。

そして、陽炎に問いただし、失った記憶を必ず取り戻す……。

左近は、密かに決意していた。


左脚を失った陣内は、生死の境を彷徨《さまよ》っていた。

「土方様は、笑っただけか……」

「はい、微かに……」

土方縫殿助の警固をしている相良平蔵が、上屋敷からやってきていた。

相良は、陽炎が襲撃した夜から、密かに土方の警固にあたり、本所の百獣屋にはいなかった。房吉の張り込みは、無駄だったのだ。

「微かにな……」

土方の嘲笑が、鮮やかに目に浮かんだ。

伊賀《いが》忍びの頭領服部《はっとり》仁左衛門の誇りを傷つけ、奮い立たせるには、それで充分だ。仁左衛門は、命懸けで闘うしかない。

土方は、仁左衛門の心を読み切っている。

相変わらず恐ろしいお方だ……。

仁左衛門は、土方の小さな身体に秘められた冷酷さを畏怖した。

主の水野出羽守忠成をあらゆる手段を駆使して老中にのし上げた土方は、隠居して楽翁と名乗っている松平定信の暗殺を企てていた。

松平定信は御三卿田安宗武《たやすむねたけ》の子で、八代将軍吉宗《よしむね》の孫である。幼名を賢丸《まさまる》といい、奥州《おうしゅう》白河十一万石松平定邦《さだくに》の養子となった。後年、実兄が死に、田安家が絶家の危機に陥り、田安家復帰がはかられたが叶わなかった。

養子に出したのも復帰を阻んだのも、定信の能力を恐れた田沼意次の仕業といわれた。

十代将軍家治《いえはる》が死んだ時、もし定信が田安家を継いでいれば、十一代将軍になる可能性が充分にあった。田沼意次は先を読み、それを恐れたと噂されている。

田沼意次が失脚した後、定信は老中となり、次いで将軍補佐役となって全権を掌握し、理想に燃えた政治改革を始めた。それは、後に寛政《かんせい》の改革と称される。

権力者は必ず失脚する。

「白河の清き流れに魚住まず、濁れる田沼いまは恋しき……」

定信の理想に燃えた政治は、やがて人々に疎《うと》まれ、数多くの前例通りに失脚した。そして台頭したのが、田沼派の水野出羽守忠成だった。老中になった出羽守は、世の中から定信の改革を棄て、全てを田沼時代に戻した。

すでに隠居をし、楽翁と名乗っていた定信は、己の改革を葬った水野出羽守を激しく憎み罵《ののし》り、その失脚を謀った。

企てに気付いた出羽守と土方は、先手を打って忍びの者を雇い、楽翁暗殺を企てた。だが、忍びの者は楽翁暗殺に失敗した。

激怒した楽翁は、逆襲に転じ、水野出羽守と土方縫殿助の暗殺を配下に命じた。

勿論、出羽守と土方が、楽翁暗殺を諦めたわけではない。

以来、楽翁こと松平定信と老中水野出羽守忠成の暗闘は、江戸の町の裏側で醜く繰り広げられていた。

土方の信頼を取り戻すには、楽翁暗殺を一刻も早く遂行しなければならない。

蓬萊堂仁左衛門こと伊賀忍びの頭領服部仁左衛門は、楽翁暗殺を急ぐしかなかった。

邪魔なのは日暮左近だ。日暮左近が、忍びの者なのは間違いない。だが、事前に調べた秩父忍びの者たちの中に、日暮左近の名はなかった。

一体、何処の忍びなのか……。

楽翁が放った新たな忍びの可能性もある。

すでに仁左衛門は、配下の者たちを公事宿巴屋に走らせていた。


沼津藩下屋敷から深編笠を被った勤番武士が現れ、掘割に架かる難波《なんば》橋を渡って日本橋に向かった。

相良平蔵だった。

左近は尾行を開始した。

相良は、外桜田の沼津藩上屋敷に向かっている。身なりから見て、おそらく上屋敷に住み、家老の土方縫殿助の警固をしているのだろう。

左近は、相良が一石橋を渡るのを見て、山下御門内の外桜田に先廻りをした。

左近は知りたかった。

何者が、水野出羽守と土方縫殿助の命を陽炎に狙わせているのか……。

そして土方は、文吉が細工を施した銀の香炉で、誰を殺そうとしているのか……。

沼津藩上屋敷に相良が入っていった。

相良が戻ったからには、守るべき土方も上屋敷にいるのだ。

物陰で見届けた左近は、房吉に相良の居所を報せるため、湯島天神に向かった。

左近は気付かなかった。

沼津藩上屋敷を見張る者がいるのに、気付かなかった。

見張っている者は女。陽炎だった。

陽炎は小笠原佐渡守の屋敷の大屋根に潜み、向かい側の沼津藩上屋敷を見張っていた。そして陽炎も、左近が相良を尾行してきたのに気付かなかったのだ。

陽炎は攻めあぐねていた。

土方縫殿助は、陽炎に襲撃されて以来、警固を一段と厳しくし、つけ入る隙を見せはしなかった。

せめて、久蔵がいてくれたら……。

薬師の久蔵は、卒中で死んだ陽炎の父親に仕えた忍びの者だった。兄と左近がいなくなった今、陽炎が最も信頼し、頼りにしている秩父忍びだった。

だが今、久蔵は江戸にいない。

陽炎は、鬼子母神裏の雑木林の中の久蔵の棲み家に、秩父忍びの赤い蜘蛛を残していた。

日本橋馬喰町の公事宿巴屋の周囲には、見慣れぬ者や物売りが現れた。

おりんの監視網が、機敏に動いてそれを察知した。おりんの作った監視網は、隣の煙草屋の隠居や裏に住む妾稼業の女など、巴屋を囲む家や店の暇を持て余している者たちで構成されていた。

暇な彼らは、お喋りをしながらも巴屋の周囲に注意を払い、不審な者をおりんに通報していた。彼らの監視網の御陰で、公事訴訟に負けて巴屋を逆恨みした男の付け火を未然に防いだこともある。

用もないのに巴屋の前を行き来する者などは、不審者としてすぐにおりんに伝えられた。

仁左衛門の配下たちは、すでに見破られているとも知らず、巴屋と左近の動静を調べ続けた。

主の彦兵衛や下代たちは、公事訴訟に忙しく飛び廻り、巴屋に変わった様子はない。そして、左近がいる気配もなかった。

仁左衛門の配下たちは、鉄砲洲波除稲荷裏の寮など、巴屋と関わる場所や家を突き止め、抜かりなく調べた。だが、その何処にも、左近はいなかった。

仁左衛門は、左近がいち早く姿を隠したと知り、出し抜かれた無念さを辛うじて押し殺した。


夕暮れ時、湯島天神の参詣客は僅かだった。

参道を小走りに来たおりんは、境内にある奇縁氷人石の右側『たつぬるかた』を見た。

良縁を望む男や女、そして迷子になった我が子を捜す人達の願いを書いた紙が、何枚も重なるように貼られている。

その中に、左近の書いたものはなかった。

続いておりんは、『をしふるかた』の左側に貼られている紙を調べた。

左近の書いた紙があった。

『房、相良は上』

『房』は房吉、『相良』は房吉が捜している相良平蔵、『上』は……。『上』は、おそらく沼津藩上屋敷。

相良平蔵は沼津藩上屋敷にいると、房吉に報せてくれ。

左近の残した紙には、そう書かれているのだ。おりんは、房吉がいる筈の波除稲荷裏の寮に急いだ。

平助の漕ぐ屋根船が、稲荷橋の船着き場に着いたのは、暮れ六ツ（午後六時）を過ぎていた。

障子で囲われた部屋から出てきたおりんが、平助に声を掛けて巴屋の寮に急いだ。

巴屋の寮は、暗く房吉がいる様子はなかった。

まだ帰って来ていない……。

おりんは、寮の中に入った。

寮の中は、冷え冷えと沈んでいた。煙草盆に残された灰は固まり、火鉢の埋《うず》み火もすでに消えている。そして竈には、今朝使われた形跡がなかった。

左近が出ていった後、房吉は帰ってきていないのだ。

「……房吉さんが気になります」

左近の言葉が、唐突に蘇った。

おりんは、胸騒ぎを覚えた。

「鎧ノ渡ですかい」

「ええ。お願い、急いで……」

返事をした平助は、おりんを乗せた屋根船を勢い良く漕ぎ出した。

おりんは、鎧ノ渡の傍の小網町にある房吉の長屋に向かった。房吉が何か用があり、立ち寄っているのかもしれない。

房吉の家には、明かりが灯っていた。

文吉の女房お袖が、暮らしているのだ。明かりが灯っていて、何の不思議もない。

おりんは、声を掛けて戸を開けた。

狭い家の中には、布団に横たわった房吉と夕食を作るお袖がいた。

「どうしたの、房吉さん」

「百獣屋の爺いにやられましてね……」

房吉は、驚くおりんに左脚を見せた。

「で、大丈夫なの」

「はい。今日、お医者に診て貰ったのですが、お袖さんの手当てが良くて、命拾いをしましたよ」

「そう。お世話になりましたね、お袖さん」

「いいえ。どうぞ……」

お袖は、おりんにお茶を差し出した。

おりんから眼を逸《そ》らして……。

房吉とお袖は、男と女の仲になっている。

いきなり疑惑が浮かんだ。

茶を出したお袖は、すぐに台所に立ち、夕食作りを続けた。その後ろ姿には、微かな安らぎが漂っていた。

おりんの脳裏に、小田原にいる房吉の許嫁お絹の顔が浮かんだ。

「で、おりんさん、何か急用ですかい」

我に返ったおりんは、事の次第を話し、左近からの伝言を告げた。

「そうですか、相良の野郎、沼津藩の上屋敷にいやがるんですかい……」

「ええ……」

「分かりました。後二、三日も経てば、きっと歩けるようになります。旦那に宜しく仰って下さい」

房吉の家を後にしたおりんは、鎧ノ渡で待っていた平助の屋根船にゆられ、巴屋に向かった。

房吉とお袖が、自分が思ったような関係かどうかは、はっきりしない。だが、普通でないのは確かだ。不吉な予感が、暗い川面にゆらりと漂った。

鬼子母神裏の雑木林の中の百姓家から、微かな明かりが洩れていた。

久蔵が帰ってきている。

陽炎は喜びに震えた。思わず忍びの者であるのを忘れ、百姓家に駆け寄って戸を開けた。

家の中には、久蔵はおろか誰もいなく、小さな明かりが揺れているだけだった。

陽炎は我に返った。

素早く身構えて家の中を窺い、赤い蜘蛛の絵を貼った大黒柱の上を見上げた。

同時に黒い影が、大きく手を広げて降りてきた。

咄嗟に陽炎は、前方に転がって躱した。いや、躱そうとしただけだった。黒い影は、大きく広げた手で陽炎の腕を捕らえた。

陽炎は素早くその手の逆を取り、投げを打った。黒い影は、投げられながら手を外して、陽炎を押し倒した。

陽炎は倒れながらも、鋭い蹴りを放った。

黒い影は、陽炎の鋭い蹴りを飛んで躱した。

陽炎は、素早く立ち上がって黒い影を見据え、激しい衝撃に貫かれた。

黒い影は左近だった。

「日暮左近……」

陽炎は茫然と呟いた。

「待っていた、陽炎……」

左近は微笑んだ。

第三章　青い死煙

一

陽炎は素早く忍び刀を抜き、左近に鋭く斬り掛かった。
刃風には、兄を殺された憎しみと恨み、そして躊躇いが込められていた。
左近は躱さず、陽炎の忍び刀を左腕に受けた。
肉が浅く裂け、血が飛んだ。
予期せぬ行動だった。
陽炎は戸惑い、激しく動揺した。
左近は、左腕から血を流したまま佇み、逆襲に転じなかった。
「……何故だ。何故、躱さない」

「少しは気が晴れたか……」

左近の落ち着いた声は、陽炎の苛立ちを煽った。

「私の刀には、毒が塗ってある。お前は死ぬ」

「……ならば、それも運命……」

動揺も狼狽《ろうばい》もなかった。

血が、左近の左手の指先から滴り落ちた。

言い知れぬ動揺が、陽炎を突き上げた。

「大介《だいすけ》、毒は塗っていない、傷の手当てをしろ」

動揺は、言葉となって出た。

「……大介、それが私の名か」

「話は後だ」

陽炎は忍び刀を納め、左近の左袖を引き裂き、腕の傷の手当てをし始めた。

「大介……陽炎、大介というのが、私の本当の名前なのだな」

「そうだ、お前は秩父忍びの加納《かのう》大介、それがお前の正体だ」

秩父忍び加納大介……。

名前と正体が、漸《ようや》く分かった。あれほど知りたいと願っていた正体だが、意外に感動はなかった。

左近は自分でも驚く程、冷静でいられた。

「私は秩父忍びの加納大介か……」

「そうだ。そして、お館様の赤い蜘蛛を受けて、私の兄と一緒に松平定信を暗殺に行った。だが、失敗して戻り、失敗をした……。松平定信を暗殺に行き、兄を斬った」

左近は己の意外な過去を知った。

暗殺の失敗は、左近たちを上回る手練の忍びがいたか、或いは左近たちの動きが筒抜けになっていたのか、その両方なのかもしれない。いずれにしろ、定信暗殺は失敗したのだ。

「……本当に覚えていないのか」

「陽炎、おそらく私は、お前の兄との闘いで、記憶の全てを失ったのだ」

「ならば、兄を斬った理由、覚えてはいないのか」

「覚えていないと言うより、記憶がないのだ」

自分の名と素性を知っても、左近の失われた記憶は戻りはしなかった。記憶が戻らない限り、結城左近を斬った理由は分からない。

結城左近がいない今、知っているのはお館様だけなのかもしれない。

「では何故、私の名を知っていた」

「陽炎か……」

「そうだ」

「……分からぬ。お前を見た時、陽炎……そう思った」

「大介……」

「陽炎、私は日暮左近だ……」

「日暮左近……」

「そうだ。お前にとっては、兄の結城左近を斬った加納大介であろうが、今は土方縫殿助や蓬莱堂仁左衛門と闘っている公事宿巴屋出入物吟味人の日暮左近だ」

「何故、土方や仁左衛門と闘う」

「仁左衛門は、相良平蔵や忍びの者を使い、巴屋に出入訴訟を頼んだ文吉と申す鍛金師を殺した。依頼人を殺され、黙ってはいられぬ」

「恨みを晴らすのが、出入物吟味人の仕事か」

「違う。出入訴訟の裏に隠れた事件を吟味し、依頼人を守るのが仕事だ……」

「ならば、仕事をしくじったのか」

「そういえよう。すでに、陣内という忍びの者の左脚を斬り飛ばした」

「柘植の陣内の脚を……」

「うむ、沼津藩下屋敷でな……」

「仕掛けたのか」

陽炎の声には、驚きと喜びが含まれていた。

「陽炎、命を狙う相手は、土方縫殿助と水野出羽守か……」

「そうだ……」

「誰の依頼だ」

「おそらく楽翁、松平定信……」

「私と結城左近が、暗殺に失敗した相手か」

「……昨日の標的は、今日の雇い主。忍びは殺す相手を選べぬ……」

陽炎の顔に陰りが浮かんだ。

「仁左衛門は、鍛金師の文吉に細工を施した銀の香炉を造らせた。おそらく、それを使って松平定信を暗殺しようとしている」

「われら忍びは、権力争いの手駒に過ぎぬ」

「虚しいものだな……」

陽炎の返事はなかった。返事をしないことが、左近への同意を示していた。

「虚しくても、それが掟か……」

「土方と出羽守を倒さなければ、秩父忍びは滅びる……」

「滅びる……」

「秩父忍びは、最早何人も残っていない」

「お館様はどうしているのだ」

「姿を隠された……」

「ひょっとしたら松平定信か……」

「やはり、そう思うか……」

松平定信は、かつて己を狙った秩父忍びに水野出羽守と土方縫殿助の命を狙わせるため、お館様を抑えたのかも知れない。仮にそうだとしたら、お館様を抑えるほどの手練の忍びが、松平定信の配下にいるのだ。

左近は、鉄砲洲波除稲荷の境内で襲いかかってきて自爆した女忍びと、この百姓家で赤い蜘蛛を見つけた帰り、襲撃してきた浪人たちを思い出した。

何者かが、左近の腕を試した。値踏みをしたのだ。その全ては、松平定信配下の手練の忍びの企てなのかも知れない。

だとしたら、陽炎を暗殺者に指名したのは、左近との関わりを踏まえてのことなのか……。

全ては、その者の思惑通りに運んでいるのか……。

楽翁松平定信と老中水野出羽守の醜い暗闘。

左近と陽炎は、否応なく二人の醜い暗闘に巻き込まれてしまっていた。

「最早、最後まで闘い抜くしかない……」

「大介……」

「陽炎、兄を斬った加納大介は許せぬだろうが、日暮左近とは手を組めよう……」

「ならば……」

「敵は同じ。共に闘うしかあるまい……」

陽炎は、左近を睨みつけて頷いた。

湧きあがる喜びと笑みを懸命に隠して……。

左近は、陽炎の頬に微かな笑みを見た。初めて見た陽炎の笑みには、言い知れぬ安堵感と女忍びとは思えぬ可憐さがあった。

陽炎……。

唐突に愛しさが湧いた。

左近は動揺した。そして、必死に己を厳しい現実に引き戻した。

左近と陽炎のやろうとしていることは、決して容易なことではない。

得体の知れぬ獣の鳴き声が、夜の静寂に甲高く響き渡った。まるで、松平定信配下の手練の忍びの高笑いのように……。


左近の行方は、摑めないままだった。

公事宿巴屋の主彦兵衛は、何事もなかったかのように忙しく公事訴訟を扱っている。店の者たちにも、不審な動きは特にない。そして、鉄砲洲波除稲荷裏の寮にも、左近が戻った様子はなかった。

柘植の陣内を失った仁左衛門は、百獣屋の弥平を呼び寄せた。

「弥平、その鋳掛屋、まこと百獣屋を見張っていたのだな」

「たとえ見張っていなかったとしても、目障りな者は、始末するまで……」

弥平は、目脂《めやに》の浮いた老いた眼を不気味に光らせた。

「それで頭領、効き目の早い毒は、見つかったのかな」

「漸《よう》やくな。今、江戸に向かって急いでいる」

「信用できるのでしょうな」

「所詮は忍び、信用できずとも、持参する毒がすぐ効けば良い」

「ならば到着次第、銀の香炉を献上するのですな」

「うむ……」

仁左衛門の命を受けた忍びの者が、吸いこめば瞬時に息の根を止める煙をだす毒を漸く見つけ、江戸に急いでいた。

その毒を、文吉の造った銀の香炉に仕込み、楽翁松平定信に献上する。それが、蓬莱堂仁左衛門が、土方縫殿助と企てた暗殺計画だ。

日暮左近が、企てにどこまで気が付いているかは分からない。だが、邪魔をしてくるのは、間違いないのだ。

いずれにしろ左近を始末するしかない……。

仁左衛門は、弥平たち忍びに策を授けた。


おりんは迷っていた。

房吉とお袖のことは、叔父の彦兵衛にも告げてはいない。いや、確かな証拠もない限り、告げるわけにはいかなかった。

おりんは願った。

自分の思い過ごし、誤解なのだと……。

だが、そう思い込もうとすればするほど、お袖の後ろ姿に漂った微かな安らぎを思い出すのだ。房吉に許嫁のお絹がいなければ、お袖とのことは喜ぶべきなのかもしれない。

おりんの思いは錯綜した。

「どうしたんです、溜め息なんかついて……」

婆やのお春が、心配そうにおりんの顔を覗き込んだ。お春は、おりんを子供の頃から育て、嫁ぎ先にまでついていった婆やだ。

「左近さんが心配なんですか」

遠慮のない仲だった。

「違うわよ……」

「じゃあ、何ですか」

人一倍お喋りなお春だ。はっきりしないことを話すわけにはいかない。

「何って……お春さん、人ってのは、一人じゃあ生きられないのかしら……」

「当たり前ですよ」

呆れたお春が、吐息を洩らすおりんに白い眼を向けた。

沼津藩下屋敷を出た仁左衛門は、日本橋数寄屋町にある蓬莱堂に立ち寄り、手代を従えて出掛けた。

日本橋を渡った仁左衛門は、室町《むろまち》、十軒店《じっけんだな》と進み、掘割を越えて左手に曲がり、内堀沿いの道を神田橋御門に向かった。

神田橋御門から田安御門にかけての内堀の外は、大名や旗本の屋敷が並ぶ神田駿河台である。

どうやら仁左衛門は、献残屋としての仕事に行く様子だ。神田橋御門の前を過ぎた仁左衛門は、一ツ橋御門前を右手に折れ、一番火除地と三番火除地の間の道に入った。

火除地とは、火事の多い江戸の町が、類焼を防ぐためと火事の時に避難をする空き地であり、普段は種々の興行に利用されていた。

その火除地の間の道の先には、榊原式部大輔《さかきばらしきぶのたゆう》や松平豊前守などの大名屋敷が並んでいる。

仁左衛門は手代を従え、火除地の間の道をのんびりといく。

水野出羽守と土方縫殿助を斬るには、先《ま》ず仁左衛門を倒さなければならない。

左近はその機会を窺い、密かに尾行してきたのだ。

左近は、先を行く仁左衛門を追った。

火除地に風が吹き抜けた。

誘いだ……。

失った記憶が囁いた。

咄嗟に左近は、鋭く地を蹴って宙に舞った。

数本の棒手裏剣が、唸りをあげて左近のいた場所を貫いた。

左近は大きく宙を舞い、三番火除地に着地した。

八方手裏剣が、前後左右から殺到した。

すでに包囲されていた。

左近が仁左衛門を殺そうと密かに尾行したように、仁左衛門も己を餌にして左近を誘ったのだ。

殺すか、殺されるか……。

左近は地に伏せ、草に隠れた。

幾つもの八方手裏剣が、伏せる左近の身体の上を飛び交った。

左近は動かなかった。

何本もの打根《うちね》が、空に高々と投げあげられた。打根とは、手で投げる矢だ。空に向かって投げられた打根が、ゆっくりと鏃《やじり》を下に向け、左近の上に垂直に落下してきた。

左近は転がった。

落下した打根が、次々と左近の身体の周囲に垂直に突き刺さった。まるで、碁盤の目を刻むように、打根は一定の間隔で落ちてくる。左近の動きを読み尽くした攻撃だった。

左近は必死に躱した。

忍びの者たちは、姿を見せずに攻撃を続けてきた。

伏せていれば、いつか必ず垂直に落ちてくる打根の餌食になる。立ち上がれば、手裏剣が前後左右から集中する。

左近は、脱出する機会を窺った。

数本の打根が、続けざまに左近の傍に突き刺さった。

左近はその打根を抜き、地を這う高さで次々と投げた。何本かの打根が、草を切り裂いて飛んでいった。次の瞬間、短い呻きが洩れ、血の匂いが微かに湧いた。

今だ……。

失った記憶が囁いた。

左近は地を蹴って立ち上がり、短い呻きが洩れた方に猛然と走った。

草の中から、肩に血を滲ませた忍びの者が現れ、凄まじい形相《ぎょうそう》で左近に突進してきた。

左近は構わず走った。

事態を打開し、包囲を突破するには、弱点を集中的に突くしかない。

忍びの者は、忍び刀を抜いて猛然と突進してくる。傷ついて血の匂いを洩らした不覚が、決死の攻撃の理由だった。

激突する刹那、左近は無明刀を一閃させた。

忍びの者の首が、血飛沫と共に飛んだ。同時に左近は、崩れ落ちそうになった首のない胴体の襟首を摑んで振り返った。

棒手裏剣が、首のない胴体に音を立てて叩きこまれた。

左近は首のない胴体を楯にして、棒手裏剣を放つ忍びの者に一気に迫った。

潜んでいた忍びの者が、姿を見せた。

左近は、首のない胴体を思い切り突き飛ばして、宙に飛んだ。首のない胴体は、まるで走っているかのように姿を見せた忍びの者に向かった。

姿を見せた忍びの者は、走り寄る首のない胴体を蹴り、やはり宙に飛んだ。首のない胴体が、漸く地に崩れ落ちた。

左近が、落下する勢いを加えた無明刀の一閃を放った。

無明刀は、忍びの者の刀を弾き飛ばし、その横顔を斬り裂いた。

忍びの者は、斬り裂かれた覆面を翻しながら火除地に転がり降りた。

弥平だった。

着地した左近は、弥平を一瞥《いちべつ》して走った。潜んでいた忍びの者たちが、一斉に姿を現して追った。左近は構わず走り、三番火除地を抜け、内堀に身を躍らせた。

追った忍びの者たちが、八方手裏剣を次々と内堀に打ち込んだ。だが、左近の血が、水面に浮かぶことはなかった。

弥平は憤怒《ふんぬ》を浮かべ、額の浅手から深い皺を伝って流れる血を嘗《な》めた。

左近は脱出した。


沼津藩上屋敷にいる土方縫殿助の元には、毎日のように大名家の留守居《るすい》役たちが訪れる。

大名家の江戸留守居役は、今でいう外交官である。留守居役は、老中や若年寄などの幕閣に誼《よしみ》を通じて、様々な情報をいち早く握り、己の藩に有利に事を運ぶのも役目の一つであった。

今、公儀で強大な力を持っているのは、老中水野出羽守忠成だ。そして、その力の源が家老の土方縫殿助なのだ。

諸藩の江戸留守居役は、土方縫殿助から情報を得ようと、金はいうに及ばず様々な献上品を贈った。

土方は毎日、主の水野出羽守と様々な相談をし、大名家留守居役の応対で上屋敷を出ることは少ない。


その日、土方はようやく動いた。

相良たち数人の護衛を従え、頭巾を被って微行で出掛けたのだ。

監視していた陽炎が、密かに追った。

土方たちは、数寄屋橋御門から屋形船に乗って北に進んだ。

陽炎は岸辺を追った。

土方たちの乗った屋形船は、呉服橋を右に曲がって日本橋川を下った。

浜町の下屋敷に行くのか……。

陽炎は日本橋を渡り、鎧ノ渡を通って追跡した。やがて屋形船は、小網町三丁目の角を曲がり、三ツ俣に進み、下屋敷に行く掘割を通り過ぎた。

目的地は、下屋敷ではない……。

陽炎は、永久橋の船宿で猪牙舟を雇い、土方たちの屋形船を追った。

屋形船は、隅田川に架かる新大橋と両国橋を潜り、神田川を遡り始めた。


土方は牛込《うしごめ》御門で屋形船を降り、相良たち護衛を従えて神楽坂を北にあがった。そして、牡丹《ぼたん》屋敷と呼ばれる幕府御用の牡丹作りの拝領屋敷の角を左に曲がり、若宮八幡宮の傍にある旗本屋敷に入った。

陽炎は思い出した。

十日程前にも土方縫殿助は、この屋敷に来たことがあった。

旗本屋敷の敷地は、およそ六百坪。暮らしているのは、三百石から五百石取りの身分の旗本であろう。

土方が屋敷に入った後、相良以外の護衛の者たちは、目立たぬように外に佇み、油断なく辺りの警戒をした。相良は、屋敷内の土方を守っているのだろう。

土方を襲うことは無論、屋敷内に忍び込むことも危険だ。

土方はこの屋敷で、何をしているのだろう。全ては屋敷の主、そして土方との関わりを調べてからだ……。

陽炎はその場を離れた。


神楽坂若宮八幡宮の傍にある旗本屋敷。

「明日にでも、何者の屋敷か詳しく調べてみる」

「いや、陽炎は今のまま、土方の動きを見張ってくれ」

「ならば、左近が調べるのか」

「違う……」

左近は房吉に頼むつもりだった。

「それより陽炎、土方は十日程前にも、その屋敷に行ったのだな」

「そうだ……」

土方が十日毎《ごと》に行く旗本屋敷には、誰がいて何があるのか……。

房吉なら必ず突き止めてくれる筈だ。

そして左近は、柘植の陣内に代わって現れた老人弥平のことを陽炎に教えた。

「弥平なる老人、陣内より恐ろしい……」

冷酷さと残忍さを秘めている。

「充分に気をつけてくれ……」

陽炎は少なからず動揺した。

左近が、私を心配してくれている……。

嬉しさと愛しさが、不意に湧いた。

だが、左近に悟られてはならない。今は手を組んでいるにしても、兄を斬った憎むべき仇に違いないのだ。

陽炎は動揺を必死に隠した。

これ以上、一緒にいるのは危険だ。我を忘れ、何をするか自信が持てなかった。

陽炎は百姓家を出た。

左近は陽炎を追って家を出た。そして、鬼子母神の大公孫樹の下を去っていく陽炎を静かに見送った。

陽炎を追う者はいない……。

左近はそれを確認して、百姓家に戻った。

陽炎が何処に身をひそめているのか、左近は知らない。陽炎も教えないし、左近も聞かない。後を追って突き止めようともしなかった。二人の間の緊張感は、今でも続いている。

陽炎を見送った左近は、湯島天神の奇縁氷人石に貼る連絡を書き始めた。


房吉は闇を見つめていた。

お袖の寝息が、隣から微かに聞こえていた。

屈託のない寝息だった。

お袖は身も心も房吉に委《ゆだ》ね、ようやく訪れた平穏に浸っている。

房吉は、負い目を感じずにはいられなかった。闇の中に、許嫁のお絹の哀しげな顔が浮かんだ。

房吉は裏切りを恥じ、許しを願った。

抱いた限り、最早お袖を見放す訳にはいかない……。

房吉は眼を瞑り、寝返りを打った。

お袖の瞑った眼から、涙が零《こぼ》れ落ちたのも知らずに……。

二

左近より先に行かなければ、逢うことはできない。

おりんは急ぎ足で妻恋坂をあがり、湯島天神の鳥居を潜った。

奇縁氷人石には、左近からの連絡があった。

遅かった……。

左近はすでに訪れた後だった。おりんはがっかりしながらも、『をしふるかた』に貼られていた左近の連絡紙を取り、『たつぬるかた』に昨夜書いた紙を貼った。

貼った紙には、『房、へん。相談したし、りん』と書いてあった。


房吉は左脚を僅かに引きずりながら、巴屋にやってきた。

「ほんとに酷い目にあったねぇ……」

お春が同情の眼差しで、茶を出してくれた。

「それで、どうなんだ、傷の具合は」

「はい、もう大丈夫です。ご迷惑お掛け致しました」

「そうかい、そりゃあ良かった。お袖さんの看病のお陰だな」

「は、はい……」

房吉は思わず狼狽した。

今朝、房吉はお袖の作った朝飯を食べ、見送られて出てきた。お袖は長屋の木戸口に立ち、左脚を引きずる房吉を心配げにいつまでも見送ってくれた。

「それより旦那、例の一件、どうなっているんですかい」

「左近さんが、今は下手に動かない方がいいと言ってね。一人で調べているよ」

「そんなに危ない話なんですか」

「ああ……」

彦兵衛は、房吉に現状を詳しく説明した。

房吉が生欠伸《なまあくび》をし、首を左右に動かした。緊張した時の癖だった。

帰ってきたおりんが、房吉を見て思わず怯んだ。

「おりんさん、この通り元気になりました。いろいろ面倒を掛けてすみませんでした」

「もういいのなら、丁度良かった」

おりんは、思わず怯んだのを悟られないように左近の連絡紙を出した。

「左近さんからの連絡だよ……」

「なんて言ってきたんだい」

彦兵衛が覗き込んだ。

紙には『房へ、神楽坂若宮八幡宮脇旗本』と書かれていた。

「なんのことかしら……」

「おそらく房吉に、神楽坂の若宮八幡宮の脇に屋敷を構えている旗本を調べてくれってことだろう」

「若宮八幡宮の脇の旗本ですかい……」

彦兵衛が切絵図を取り出し、市ヶ谷牛込の絵図を開いた。

若宮八幡宮の脇の屋敷には、旗本細井《ほそい》広太夫《こうだゆう》の名前が記されていた。

「細井広太夫……」

「何者でしょうね」

おりんは一瞬、絵図を覗く房吉の首筋にお袖の匂いを感じた。

間違いない……。

房吉とお袖は、男と女の仲になっている。おりんはそう確信した。胸が痛んだ。

「どうかしたかい、おりん」

「うん、ちょっと胸が……」

おりんは、彦兵衛を誤魔化し、その場を離れた。

「具合、悪いんですかね、おりんさん」

「なあに、左近さんに逢えなかったので、がっかりしてんだろう……」

彦兵衛は苦笑し、今年の武鑑を取り出して調べ始めた。

「これだな……細井広太夫、旗本四百五十石、奥右筆組頭《おくゆうひっくみがしら》……」

「旦那、この細井って旗本、きっと土方縫殿助や仁左衛門に関わりがあるんですよ」

「うむ……」

「これから行って、調べてみますぜ」

房吉の眼が、生き生きと輝いた。

左近を討ち洩らした仁左衛門は、沼津藩下屋敷に腰を据え、上屋敷一帯に厳重な結界を張り、周辺の監視と敵の侵入に備えている。

このままでは、水野出羽守と土方縫殿助の暗殺は叶わず、仁左衛門による銀の香炉を使った松平定信暗殺を許すことになる。

陽炎は焦った。

「……焦ったところで、上屋敷に忍び込むのは、死ににいくようなものだ」

「ならば、どうすればいいのだ」

「陽炎、楽翁松平定信は何処にいる」

「巣鴨《すがも》の白河藩中屋敷にいると聞く……」

「巣鴨か……」

「どうする気だ」

「楽翁がいるなら、秩父忍びを操る手練もいよう……」

「おそらく、付け人として楽翁の近くに控え、守っている筈だ」

「それを利用するしかあるまい……」

「そんなことが出来るのか」

「できるかできぬかではない。やらせるのだ」

左近は冷たい笑みを浮かべて、大胆に言い放った。

「……変わったな」

「私がか……」

「そうだ……」

「以前の私は、どのような男だった」

「熱く真っ直ぐで、策を巡らすような男ではなかった……」

「昔の私と今の私。果たしてどちらが、本当の私なのか……」

左近の顔に苦笑が浮かんだ。


神楽坂若宮八幡宮は、その昔、源《みなもとの》頼朝《よりとも》が平泉《ひらいずみ》討伐を終えた後、鎌倉鶴岡《つるがおか》八幡宮から勧請《かんじよう》し、太田道灌《おおたどうかん》が再興したとされている。

貸本屋に化けた房吉は、傷ついた脚を引きずりながら一帯の旗本屋敷の女中や下男たち奉公人を訪ね、それとなく細井広太夫のことを聞いて歩いた。

細井広太夫には、妻の綾乃《あやの》の他に美奈《みな》という十四歳になる娘を始め三人の子供がいた。

そして去年の暮れ、細井広太夫は奥右筆の組頭に出世していた。

奥右筆とは、機密文書を扱う権威のある役目である。大名旗本の請願を調査して意見を述べ、営繕や課役の人選なども行う。それ故、奥右筆の組頭は、大名旗本からの饗応の多い役目だ。

細井広太夫は、その奥右筆組頭に去年の暮れに就任している。就任の裏には、土方縫殿助の力が、潜んでいるのだ。

そろそろ店仕舞いだ……。

これ以上、若宮八幡宮一帯の旗本屋敷の奉公人に聞き込みを掛けると怪しまれる。

だが、妻と三人の子供がおり、土方の力で奥右筆組頭になったと分かった程度では、何の役にも立たない。知りたいのは、細井家の内情と土方との詳しい関係だ。

最後に訪れた旗本屋敷の女中が、房吉に面白いことを教えてくれた。

最近、主の細井広太夫が、娘付きの奥女中を何故か手討ちにしていた。

娘付きの奥女中……。

そこに何かある。

房吉は、手討ちにされた奥女中の実家の場所を聞き、左脚を引きずりながら神楽坂を降り始めた。

牡丹屋敷、牛込御門、神田川……。

房吉の行く手は、夕日に赤く照らされていた。

お絹の顔が浮かんだ。

許嫁だが、一度も抱いたことのないお絹。

肌を重ねた後家のお袖。

お袖と一緒になるしかない……。

それが、房吉の男としての責任の取り方であり、けじめのつけ方だった。

房吉は、お絹に許しを乞い、生涯詫び続ける覚悟をした。


鎧ノ渡の傍の長屋は、すでに夜の静寂に包まれていた。

房吉の家には、明かりが灯っていなかった。

不吉な予感が、房吉を取り巻いた。

房吉は暗い家に入り、行燈に火を入れた。

狭い家の中は、隅々まで冷え切っていた。人がいなくなってから、もう何刻も過ぎているのだ。

部屋は綺麗に掃除され、お袖がいた痕跡は何も残されていなかった。

お袖が消えた……。

激しい衝撃が、房吉の全身に突き抜けた。

違う。用ができてちょいと出掛けただけだ。

じゃあ何故、お袖が使っていた茶碗や箸がないのだ。やはり、お袖は出ていったのだ。

何故だ。どうしてだ……。

混乱した房吉は、外に飛び出し、脚の傷の痛みも忘れて鎧ノ渡に走った。

鎧ノ渡に人影はなく、日本橋川の流れだけが月の光に照らされていた。

房吉はお袖を捜した。

見つかる筈はないと思いながらも、捜し続けた。捜さずにはいられなかった。


お袖は、当てもなく彷徨《さまよ》っていた。

文吉を亡くし、房吉とも別れたお袖に、もう行くべき処《ところ》はなかった。

お袖は自分を責めていた。

亭主の文吉を亡くして間もないのに、房吉に抱かれて歓びに浸り、重荷を背負わせた自分を責めた。

淫乱……。

お袖は、不意に浮かんだ言葉に脅えた。

自分には淫乱の血が流れている。このまま房吉の優しさに甘え続ければ、二人して堕ちるところまで堕ちてしまう。

お袖は混乱し、絶望した。そして、死を決意し、隅田川に飛び込んだ。暗い川が、お袖を呑み込み、激しく翻弄した。

目の前が暗くなり、気が遠くなる……。

房吉の顔が、大きく浮かんで消えた。

屋形船から延びた手が、お袖の着物の襟首を鷲摑みにして引き上げた。

濡れた着物を纏って重いお袖を引き上げたのは、長身で鋼のように引き締まった体軀《たいく》をした武士だった。

「まだ若いのに……助かりますか」

「うむ……」

お袖を引き上げた武士は、船頭に短く答えて水を吐かせ始めた。

お袖は多量の水を吐き、苦しげに呻いた。

「橋番に送り届けますか……」

「いいや、築地《つきじ》だ……」

「心得ました」

武士は細い眼を鋭く光らせ、品物を吟味するかのように気を失っているお袖を見つめた。

畑の間に続く田舎道は、月明かりに白く浮かんでいた。

左近は北東に向かって足早に進んだ。

雑司ケ谷鬼子母神裏の百姓家を出て、すでに一刻は過ぎた。やがて田舎道は、広い街道に繋がり、宿場町が広がっていた。

広い街道は、川越《かわごえ》街道だ。

川越街道を左に行くと川があり、板の橋が架かっていた。川は石神井《しやくじい》川、左右に広がる宿場は板橋《いたばし》だった。その先に、中山道《なかせんどう》が続いていた。

北東に流れる石神井川は、下滝野河村で音無《おとなし》川と名を変え、関八州《かんはつしゆう》稲荷の総元締である王子《おうじ》稲荷の傍を通り、桜の名所である飛鳥山へと続いていた。

左近は川越街道を右に進み、江戸府内に向かった。やがて巣鴨だ。

巣鴨には、楽翁松平定信が隠居暮らしをしている白河藩江戸中屋敷がある。

左近は先を急いだ。

白河藩中屋敷は、月明かりを浴びて寝静まっていた。

この屋敷に、陽炎たち秩父忍びに老中水野忠成と土方縫殿助の暗殺を命じ、かつて左近が加納大介として命を狙った楽翁松平定信がいる。

左近は覆面と忍び装束に身を固め、中屋敷の前に黒い影となって潜んでいた。

その昔、俺はこの屋敷に忍び、闘ったかも知れぬ……。

だが、何も思い出しはしなかった。

左近は中屋敷の気配を探った。

警備の緊張感は薄く、忍びの者による結界が張られている様子はない。

企て通り、楽翁を襲うまでだ……。

左近は夜空に身を翻した。

白河藩中屋敷の敷地はおよそ一万坪、櫓門を入ると玄関と式台があり、伺候の間、御広間、御書院、台所、御座の間と続き、蔵と塀までが表で、御座の間から廊下で奥御殿に結ばれていた。

左近は櫓門の屋根に潜み、御殿の様子を時間を掛けて窺った。

御殿の周囲には、警固の藩士たちが巡回していくだけで、不審な様子はない。

左近は巡回する藩士たちをやり過ごし、玄関前に降りた。そして、暗がり伝いに横手に走り、内塀を乗り越えて書院に忍んだ。

応接間である書院には、最近客が訪れた様子はなく、澱《よど》んだ空気が沈んでいた。

中屋敷とはいえ、楽翁が老中首座として辣腕を揮《ふる》っていた時には、考えられぬことだった。書院の澱みも、楽翁を苛立たせ、水野と土方の暗殺に駆り立てる一因かも知れない。

左近は、書院の天井から屋根裏にあがった。屋根裏に忍びの警戒網はない。それは、油断をしているのか、それとも侵入者撃退に絶対の自信を持っているかのどちらかだ。だが、今の左近には、どちらでも良いことだった。

左近は梁《はり》を伝い、楽翁の寝所を探した。


宿直《とのい》の藩士たちがいた。

その奥の座敷が、楽翁の寝所だ。

左近は、気配を消して進み、天井板を僅かに動かして覗いた。

薄暗い座敷が見えた。

七十歳を過ぎた老人が、金欄《きんらん》の布団で寝ていた。おそらく楽翁松平定信だ。

かつて左近は、この老人の命を狙い、失敗していた。だが、何も思い出しはしなかった。

何故だ……。

このように手薄な警固で守られている老人一人、どうして暗殺できなかったのだ……。

左近は疑問を感じた。

眼下の老人が、寝返りを打った。

長居は無用……。

左近は殺気を放った。

途端に手裏剣が襲ってきた。左近は柱に身を潜めた。手裏剣が柱に突き刺さった。十方手裏剣だった。

左近は棒手裏剣を投げた。闇の奥から、微かな呻き声と血の匂いがあがった。

左近の投げた棒手裏剣は、柘植の陣内や弥平が使っているものだった。

圧倒的な殺気が、屋根裏の闇を歪ませて左近に押し寄せてきた。

左近は、眠っている老人に棒手裏剣を放った。棒手裏剣は、老人の顔の前に深々と突き刺さり、微かに胴震いした。

脱出しろ……。

失った記憶が囁いた。

左近は梁を走った。

老人が目をあけ、天井を見上げた。意外にもその目には、毛ほどの動揺もなく、微かな笑みすら浮かんでいた。

十方手裏剣が、梁を走る左近を次々と襲った。左近は身を躍らせ、天井板を蹴破って下の座敷に降りた。伺候の間だった。左近は玄関に走った。忍びの者たちが、姿を現して追跡した。

幾つもの十方手裏剣が、唸りをあげて耳元をかすめる。

左近は棒手裏剣を放った。追ってくる忍びの者が倒れた。

式台に出た左近は、番所を抜けて小塀にあがり、その屋根を蹴って櫓門に飛んだ。

櫓門の屋根に立った左近が、追ってきた忍びの者たちを振り返った。

忍びの者たちが、左近の反撃を躱そうと素早く身を潜めた。

脱出するのは今だ……。

だが、鋭い殺気が左近を襲った。

覆面の上に鉢鉄《はちがね》を締めた忍びの者が、闇を切り裂くように現れた。

楽翁を守る手練の忍び……。

鉢鉄を締めた忍びの者は、宙を飛びながら二尺ほどの長さの鉄の棒で打ち掛かった。鉄の棒の中から鎖のついた分銅が、左近の顔面に一直線に延びた。

千鳥鉄《ちどりがね》……。

刹那、無明刀が横薙に閃き、分銅を弾き飛ばした。

分銅は、甲高い音を立てて弾け飛んだ。

鉢鉄をした忍びの者は、体勢を崩しながら左近と離れたところに着地した。

その時、左近はすでに櫓門から夜空に飛び、闇の彼方に走り去っていた。

「おのれ……」

鉢鉄を締めた忍び、月山《がっさん》の金剛《こんごう》が、悔しげに吐き棄てた。

川越街道を板橋に走った左近は、雑司ケ谷への道の暗がりに潜み、忍びの者たちの追跡を警戒した。

何事もなく半刻が過ぎた。

夜明けが近づいた。

左近は追跡がないと見定め、忍び装束を棄て、雑司ケ谷に急いだ。

奴らが、何処の忍びの者なのかは、定かではない。そして、左近の策に乗るかどうかも、分からない。

もう一つ分からないのは、鉢鉄の忍びの者が、かつて自分たちを楽翁暗殺失敗に追い込んだ手練かどうかだった。

違う……。

失った記憶が囁いた。

そうだ、違うのだ。闘った手応えが違った。圧倒する気迫を感じなかった。

鉢鉄の忍びではない。

ならば、楽翁松平定信は……。

老人の皺の刻まれた顔が浮かんだ。

左近の疑問は、次第に疑惑になっていった。


房吉は一睡もせず、お袖の帰りを待った。

帰ってこないと、分かっていながらも……。

房吉は知っていた。

姿を隠したお袖の優しさを……。

房吉に余計な負担を掛けたくない。

お袖は房吉の心を見抜いていたのだ。房吉には、お袖の優しさが、辛く哀しく、ありがたかった。

左近と陽炎は、仁左衛門の潜む沼津藩下屋敷を監視していた。

楽翁配下の忍びの者たちは、襲撃した左近を仁左衛門の配下と信じ、必ず報復に現れる。

それが、左近の楽翁襲撃の狙いだった。

左近と陽炎は、下屋敷と掘割を挟んで向かい合う、井上河内守の屋敷の屋根に潜み、監視を続けた。

下屋敷の様子を探る不審な者は現れず、仁左衛門たちにも変化はなかった。楽翁配下の忍びの者たちが、仁左衛門を襲撃するとしたら、日が暮れてからだ。

左近と陽炎は、屋根瓦に身を同化させて潜み、下屋敷を見つめていた。

掘割沿いの道に旅の行商人が現れた。荷物を背負った行商人は、隅田川の三ツ俣の方から掘割沿いの道をきて、下屋敷の前で辺りを窺った。

見覚えのある顔だった。

左近がそう思った時、陽炎が思わず息を飲んだ。

荷物を背負った行商人は、門番に迎えられて下屋敷の中に消えていった。

陽炎は、茫然と見送った。

「あの行商人……」

「……薬師の久蔵だ」

思いもよらぬ衝撃に陽炎の声は震え、上擦っていた。

左近は思い出した。

久蔵が、由井正雪の軍資金事件で駿河《するが》に急いだ時、大磯の松並木で出逢った旅の行商人だと思い出した。

薬師の久蔵……。

毒薬を始め様々な薬を使う秩父忍びであり、左近が潜んでいる雑司ケ谷の百姓家の持ち主だ。

その久蔵が、仁左衛門のいる沼津藩下屋敷に入ったのだ。

「裏切った……」

薬師の久蔵は、陽炎が唯《ただ》一人頼りにしていた秩父忍びだった。

「久蔵は裏切っていたのだ……」

陽炎の声が、哀しげに震えた。

ギヤマンの窓の向こうの部屋には、やつれ果てた柘植の陣内が横たわっていた。

左近に切断された左脚の傷は治らず、腐臭を漂わせていた。

枕元には、煙をゆっくりと立ち昇らせる銀の香炉が置かれていた。

死を覚悟した陣内は、薬師の久蔵が持参した毒の試しに己の命を差し出した。

眼を閉じた陣内は、やすらかな面持で己の死を待っていた。

やがて、銀の香炉から立ち昇る煙が、青く変わった。

陣内が眼を見開き、ギヤマンの窓から見ている仁左衛門と久蔵を一瞥し、微かに頷いて絶命した。

陣内は死んだ。

仁左衛門は、陣内の死をじっと見守った。じっと見守ることだけが、己の命を毒試しに差し出した陣内への供養だった。

「如何《いかが》でございますか……」

久蔵は、思い通りの毒の効果が嬉しかった。

「ご苦労だった……」

仁左衛門は短く応じた。

その言葉は、毒を探してきた久蔵に対してより、陣内に向けられたもののように思えた。

「で、何と申す毒だ」

「申せませぬ……」

久蔵の眼が、狡猾に光った。

毒がどのような物で、何処にあるかを教えてしまえば、久蔵の存在価値はなくなる。下手をすれば、毒を奪われた挙げ句、殺される恐れすらあるのだ。

仁左衛門は、慎重な久蔵を笑った。

青い毒煙はすでに消え、なんの痕跡も残してはいない。

この毒で、一刻も早く楽翁松平定信を殺す。

仁左衛門は改めて己に誓った。


お袖の優しさに応えるには、公事宿巴屋の下代としての仕事に励むしかない。

房吉は、旗本細井広太夫に手打ちにされた女中の実家を訪れた。

女中は、両国広小路にある大きな米屋の娘で、美奈の話し相手を兼ねた行儀見習いとして細井家に奉公にいっていた。

房吉は公事宿巴屋の下代として、女中の父親である米屋の主に面会を求めた。だが父親は、面会を拒否した。

拒否の裏には、娘の悲しい思い出を蘇らせたくないのか、触れられたくない何かが潜んでいるのか……。

房吉は米屋の周辺を当たり、娘の乳母《うば》だった女を捜し当てた。

乳母は、溜まっていた悲しみと怒りを吐き出すように、知っていることを話してくれた。

細井広太夫の十四歳になる娘美奈は、土方縫殿助の愛妾《あいしょう》だった。

房吉は驚いた。

土方はすでに五十歳を過ぎている。まるで孫娘のような美奈を抱くため、土方は十日に一度、相良平蔵たち僅かな供に守られて、神楽坂若宮八幡宮傍の細井屋敷に通っているのだ。

美奈が、それを望んだとは思えない。おそらく出世を望んだ父親が、土方に取り入るために差し出した人身御供《ひとみごくう》なのだろう。

美奈の話し相手の女中だった米屋の娘は、その秘密を実家に宿下がりをした時に洩らし、手討ちにされたのだ。

父親である米屋の主が、房吉を拒否したのも無理はない。もし、口外した事が露見すれば、ありもしない罪を着せられて米屋は闕所《けっしょ》となり、父親をはじめとした一族が、死罪になるのは間違いないのだ。土方縫殿助ならば、主の水野出羽守を動かしてでも必ずやる。

房吉は、土方と細井広太夫の薄汚さに吐き気を覚えた。

十日に一度、微行で美奈に逢いにいく途中か、美奈を抱いている最中……。

土方縫殿助や相良平蔵を仕留める機会は、その時しかない。

房吉は乳母に礼を述べて心付けを渡し、両国広小路の雑踏を抜けた。

夜の闇が、沼津藩下屋敷を包んでいた。

大名屋敷が並ぶ一帯は、人通りも途絶えて、三ツ俣の流れの音だけが静かに響いていた。

左近と陽炎は、井上河内守の屋敷の屋根に潜み続けていた。

陽炎は、薬師の久蔵の裏切りに打ちのめされていた。

左近は慰めの言葉をかけなかった。

忍びの者に裏切りはない……。

裏切りとは、確固たる信頼関係があってこそ成り立つ行為だ。だが、金で雇われ、お館の命令で動く忍びの者に信頼関係などあるのだろうか。

秩父忍びとて、かつては土方縫殿助に頼まれて楽翁松平定信の命を狙い、今は楽翁の依頼で水野出羽守と土方縫殿助を殺そうとしている。

所詮、忍びの者は、裏切りと偽りの世界に生きている。たとえどのような関係であっても、最初から偽りで築かれたものなら、棄てたところで裏切りではないのだ。

薬師の久蔵と陽炎の信頼関係は、最初から偽りで築かれていたのかもしれない。そして久蔵は、本当の姿を見せた。それだけのことなのかもしれない。

左近は冷徹に分析した。

闇が微かに歪んだ。

「陽炎……」

陽炎は頷き、久蔵に裏切られた淋しさを棄てるように闇を睨んだ。

鉢鉄を締めた忍びの者が、沼津藩下屋敷の屋根に配下を従えて浮かぶように現れた。

「出羽《でわ》忍び……」

陽炎が呟いた。

「出羽三山《さんざん》の修験者《しゅげんじゃ》から生まれた忍び衆だ」

出羽三山は、月山・湯殿山《ゆどのさん》・羽黒山《はぐろさん》の三つの山の総称で、山岳信仰の対象となり、厳しい荒行で名高い修験道場が開かれていた。

出羽忍びは、そうした修験者たちの中から生まれた忍びの者たちだった。

鉢鉄を締めた忍び月山の金剛は、配下の者たちに攻撃を指示した。配下の者たちは、素早く下屋敷内に侵入していった。殺気が湧きあがり、下屋敷を一気に包み込んだ。

忍びの者同士の闘いは、物音を立てず、気合も悲鳴もあげない。闇に忍び刀のきらめきが交錯し、手裏剣が一瞬の輝きを見せるだけだ。

屋敷の中で、凄絶な殺し合いが始まったのだ。三人の伊賀忍びが現れ、屋根に残った金剛に襲い掛かった。

金剛の千鳥鉄が、唸りをあげた。

鎖をのばした分銅が、正面の伊賀忍びの顔を潰し、背後の伊賀忍びの頭に食い込んだ。血と脳漿《のうしょう》が飛び散った。一瞬の技だった。残った伊賀忍びが、飛び下がって手裏剣を放った。金剛は、飛来する手裏剣を躱し、一瞬にして伊賀忍びに迫り、斬り倒した。伊賀忍びは、声もあげずに屋根から転げ落ちた。

金剛は屋敷内に入った。

左近と陽炎は、誰もいなくなった沼津藩下屋敷の屋根に飛んだ。

仁左衛門は怒りに震えた。

出羽忍びに不意を突かれた己の油断が許せなかった。弥平と配下の忍びの多くは、水野出羽守や土方縫殿助のいる上屋敷の警固に行っていた。出羽忍びたちは、数少ない伊賀忍びたちを押し包んで殺し、下屋敷を蹂躙《じゅうりん》した。

忍び装束に身を固めた仁左衛門は、襲い掛かる出羽忍びを鋼の手甲で殴り倒し、手鉾《てぼこ》で薙いで突き、全身に返り血を浴びて朱に染まっていた。

飛来した千鳥鉄の分銅が、仁左衛門の手から血塗れの手鉾を巻き取った。

仁左衛門が後退し、身構えた。

千鳥鉄を持った金剛が現れた。

「……月山の金剛……」

「服部仁左衛門、下手な企てもこれまでだ」

千鳥鉄の分銅が、唸りをあげた。

仁左衛門は、鋼の手甲を着けた左腕で分銅を巻き取り、右手を握って鋼の手甲から小柄ほどの剣を突き出し、鋭く殴り掛かった。

金剛が、千鳥鉄を仁左衛門に投げつけ、大きく飛び退いて躱した。

仁左衛門も、投げつけられた千鳥鉄を躱し、壁に飛び込んだ。壁はくるりと廻り、仁左衛門を吸い込んだ。忍び壁だった。

出羽忍びたちが、続いて壁を廻そうとした。だが、壁はびくともせず、出羽忍びの追跡を拒んだ。

「上屋敷だ」

金剛は、仁左衛門の行方を読んだ。出羽忍びたちが、一斉に追跡した。一人残った金剛は、嬉しげな笑みを浮かべ、傷つき倒れている伊賀忍びの喉を千鳥鉄で突き潰して息の根を止め、配下の後を追って消えた。

陽炎は、殺された伊賀忍びの中に久蔵の死体を探した。だが、死体はなかった。

久蔵は脱出した……。

憎しみの炎が、新たに燃え上がった。

必ず見つけて殺す……。

忍びの者たちが、夜の江戸の町を飛び、疾走した。

仁左衛門は、山下《やました》御門前で指笛を鳴らした。甲高い音色が、大名屋敷の並ぶ外桜田に響き渡った。

追ってきた出羽忍びたちが、素早く闇に散って潜んだ。

沼津藩上屋敷に結界を張っていた弥平たち伊賀忍びが、闇を揺るがす勢いで出張ってきたのだ。伊賀忍びと出羽忍びが、山下御門を間にして対峙した。

一触即発の緊張感が満ち溢れた。だが、忍びの者たちは闇に潜み、山下御門周辺に人影は見えず、静まり返っていた。

梟《ふくろう》が二度鳴いた。

出羽忍びが、一人またひとりと消え始めた。伊賀忍びは、何故か攻撃を掛けなかった。出羽忍びは、山下御門前から消え去った。

月山の金剛が、山下御門前の町家の屋根に現れ、嘲笑を投げ掛けて夜空に飛んで消えた。

見事な退き陣だった。

月山の金剛は、屋根に潜んで伊賀忍びを牽制し、配下の者たちを退かせたのだ。

仁左衛門は、逸《はや》る弥平たち伊賀忍びを抑え、守りに徹した。これ以上、配下を失いたくなかった。

金剛とて仁左衛門の拠点である沼津藩下屋敷を蹂躙し、鬱憤を晴らしていた。

二人は、闇の中で短く駆け引きし、互いに退いた。

左近は物陰から見届け、密かに感心した。

これで仁左衛門の注意は、左近たちだけではなく、出羽忍びにも向けられる。

巴屋と波除稲荷裏の寮への監視もゆるみ、動きが自由になる。そして何よりも、水野忠成と土方縫殿助の暗殺が、少しは容易になったのだ。左近が白河藩中屋敷に侵入した狙いは、とりあえず成功したと言っていいだろう。

左近は身を翻し、雑司ケ谷鬼子母神裏の百姓家に急いだ。


百姓家のある鬼子母神裏の雑木林は、暗く静まり返っていた。

陽炎は様子を窺った。

沼津藩下屋敷を脱出した久蔵は、おそらく此処《ここ》に戻ってくる。そして、百姓家に何者かが入り込んでいたのに気付き、その正体を突き止めようと雑木林に潜んでいる筈だ。

このままでは、埒《らち》が明かない……。

陽炎は、意を決して百姓家に向かった。

久蔵の眼を意識して……。

百姓家に入った陽炎は、久蔵の現れるのを待った。溢れでる憎しみを必死に抑え、暗がりに潜んで待った。

小半刻《こはんとき》（三十分）が過ぎた。

人の近づいてくる気配がした。陽炎は身構えて待った。戸が開けられ、薬師の久蔵ではなく、左近が入ってきた。

「左近……」

「陽炎、久蔵は現れぬ……」

「何故だ」

「この家から、お前の殺気が湧き上がっている限り、久蔵は近づかぬ……」

必死に抑えた筈の憎しみだった。だが、不覚にも抑え切れてはいなかった。陽炎は己の未熟さを責め、悔やんだ。

左近は、陽炎を哀れむしかなかった。

雑木林の梢がざわめき、得体の知れぬ獣の鳴き声が不気味に響いた。

三

不審な者が、公事宿巴屋の周辺に現れることはなくなった。仁左衛門が、出羽忍びへの守りを固めたのだ。

「秩父忍び、加納大介さんですか……」

左近は巴屋を訪れ、彦兵衛と房吉、おりんに本名と過去が分かったことを告げた。

「ええ。ですが、記憶が戻った訳ではありません」

「それで左近さん、陽炎って人は、どうしたの」

「沼津藩上屋敷を監視しています」

「女一人で……大変ね」

おりんは同情した。

「女と言えば……房吉さん、お袖さんはどうしています」

「は、はい……」

房吉は、お袖と深い関わりになったことは話さず、ただ姿を消したことだけを告げた。

彦兵衛とおりんは、すでに聞いていたとみえ、黙っていた。

「そうですか……」

「それより左近さん、土方の野郎が行った神楽坂若宮八幡宮傍の旗本屋敷ですが……」

房吉は話題を変え、土方縫殿助と神楽坂若宮八幡宮傍の旗本屋敷の関わりを話し始めた。

土方縫殿助は、孫の年齢ほどの細井の娘美奈を愛妾にしている。

「とんでもない狒々《ひ ひ》親父よね」

おりんが眉を顰《ひそ》め、台所に立っていった。

「……ならば、土方を狙うのは十日に一度、細井の屋敷に行く時ですか……」

「ええ、例の人斬り浪人の相良の野郎も数少ねえお供の一人ですから、丁度いいじゃありませんか」

房吉は、早々に話をまとめた。

「じゃあ旦那、あっしはちょいと蓬莱堂の様子を見てきますよ」

まだ左脚の傷に痛みがあるのか、房吉は身体を僅かに左に傾けながら出掛けていった。

後ろ姿に哀しさと苦しさが滲んでいる……。

「左近さん……」

彦兵衛が吐息混じりに呼んだ。

「何か……」

「房吉、どう見ます」

「何か憑物《つきもの》が落ちたような気がします」

「やはり、そう思いますか……」

「お袖さんですか……」

「房吉は何もいいませんがね。おりんの話じゃあ、らしいですよ」

「そうですか……」

「ま、大人の男と女、何があってもおかしくはないが、房吉には許嫁のお絹さんがいますからね」

「お袖さん、それを知って姿を消したのでしょうか……」

「さあ……お袖さん、亭主の文吉さんを殺され、借金を返すために飲み屋で働き、随分と辛い思いをした。その辛さや哀しさを、房吉で紛らわそうとしたのかもしれません」

「……房吉さん、優しい人ですから……」

房吉は優しい。その優しさゆえ、悪党を殺すこともある。地を這う思いで身を潜め、誰にも分からぬ方法で悪党の息の根を止める。優しさに秘められた凄味だった。

お袖とのことも、その優しさゆえなのかもしれない……。

左近は、房吉とお袖の関係が、分かるような気がした。

「ところで左近さん、陽炎を助けて水野様と土方様を倒す気ですか」

「彦兵衛殿には迷惑でしょうが、このままでは、そういうことになるでしょう」

「迷惑だなんて……天下の老中の命を狙う。面白いじゃありませんか」

「彦兵衛殿……」

「ご存知ですか、左近さん。びやぼんを吹けば出羽どん出羽どんと、金がものいふいまの世の中……」

江戸の町に流れた落首である。

びやぼんとは、子供の間で流行っている鉄でできた玩具の笛で、金で動く水野出羽守の政治の腐敗を風刺《ふうし》していた。

「そういうのが、どうにも好きになれませんでしてね。役人の子はにぎにぎをよく覚え、なんて冗談じゃありませんよ」

川柳だった。

おそらく彦兵衛の扱う出入訴訟でも、役人に金を握らせて、公事を有利に運ぼうとする者が多いのだろう。彦兵衛は苛立ちを隠さず、吐き棄てた。

「あら、房吉さんは……」

おりんとお春が、酒と肴を持って賑やかに入ってきた。

「出羽忍びか……」

土方縫殿助の冷たい眼差しが、仁左衛門に向けられた。

「はい……」

沼津藩上屋敷の土方の居室は、冷たい緊張感に包まれていた。

「二度目だな」

土方の言葉は、沼津藩下屋敷が左近に続き、出羽忍びに蹂躙されたことを指していた。

「天下の老中首座の下屋敷が、二度も破られるとは、武門の恥辱。世間に洩れれば、由々《ゆゆ》しき事態に陥る」

「申し訳ございませぬ」

「仁左衛門、三度目はないと心得よ」

「ははっ……」

「仁左衛門、それもこれも、楽翁の始末がつかぬからだ」

「はっ。ようやく毒も整い、後は銀の香炉を楽翁の元に置くだけにございます」

「ならば、早々に始末致せ……」

土方の声は、貧弱な体軀から想像できない凄味と気迫に溢れていた。

仁左衛門は、只ただ平伏するしかなかった。

楽翁を暗殺し、左近と出羽忍びへの報復を誓いながら……。

夜の江戸湊には、停泊している船の明かりが揺れ、波除稲荷裏の巴屋の寮は潮騒に包まれていた。

「あの旗本屋敷の娘が、土方の愛妾なのか」

「うむ、十日に一度、その娘に逢いに行っているそうだ……」

「十日に一度、ならば次は……」

「お前が尾行《つけ》た日から数えれば、三日後になる……」

「三日後……」

「襲うか……」

「無論だ」

陽炎が意気込んだ。

「一緒に行こう」

「左近……」

「私は相良を斬らねばならぬ」

出入物吟味人は、公事訴訟の依頼人の恨みを晴らさなければならない。

相良平蔵を斬る。それが、殺された文吉へのせめてもの供養なのだ。

左近はそう思っていた。

陽炎は、左近と一緒に闘えることに喜びを覚えていた。

たとえ兄の仇であり、動機が違っても……。

左近と共に敵と闘うことが嬉しかった。

静かに繰り返す潮騒が、陽炎に心地好く染み込んでいた。

まるで、左近と一緒に遊んだ幼い頃のようだ……。

陽炎は、秩父の山中を思い出した。

「陽炎……」

左近の声が、陽炎を現実に引き戻した。

「何だ……」

「何故、赤い蜘蛛から逃げなかった」

意外な問いだった。

「私は秩父忍びだ。赤い蜘蛛から逃げる訳にはいかぬ……」

「……ならば、土方と水野出羽守を倒した後、どうする」

「秩父忍びを守る」

「一人でもか……」

「そうだ……」

陽炎は思わず叫んだ。

だが、本音は違った。できるものなら一緒に守ってくれと、左近に叫びたかった。

左近の静かな眼差しが、陽炎にじっと向けられていた。

陽炎は耐えられなかった。左近の静かな眼差しから、眼を逸らさずにはいられなかった。そして、素直になれない自分を呪った。

左近は敏感に察知していた。

陽炎の叫びと、本音は違う……。

だが、記憶を失っている左近には、陽炎の本音が、分かるはずもなかった。


献残屋蓬萊堂に戻った仁左衛門は、薬師の久蔵とあざみを呼んだ。

久蔵と腰元のあざみは、出羽忍びが襲撃してきた夜、いち早く抜け道を通って沼津藩下屋敷から脱出していた。抜け道は、後に仁左衛門が使ったものだった。

仁左衛門は、久蔵とあざみに何事かを命じ、献残屋としての仕事を始めた。

数寄屋町の蓬萊堂を出た仁左衛門は、南の京橋に向かった。

物陰から現れた房吉が、慎重に尾行を開始した。

仁左衛門は京橋を渡り、真っ直ぐに芝口橋に向かっていた。房吉にとって幸運だったのは、仁左衛門が通行人で賑わう一本道を進んだことだ。やがて、仁左衛門は芝口を抜けて浜御殿を左に見て進み、宇田川町を曲がり、大横丁《おおよこちょう》に入った。

大横丁を進むと、左に三縁山増上寺《さんえんざんぞうじょうじ》の壮大な伽藍《がらん》が見えた。芝・増上寺は、上野寛永寺と並ぶ将軍家菩提寺であり、歴代将軍のうち二代秀忠《ひでただ》、六代家宣《いえのぶ》、七代家継《いえつぐ》、九代家重《いえしげ》が埋葬されていた。

仁左衛門は大横丁を進み、増上寺のお成り門の前を右に折れ、愛宕下《あたご》大名小路に入った。大名小路には、小藩の江戸屋敷が連なっていた。仁左衛門は、武蔵国《むさし》久喜藩《くき》米津《よねつ》相模守《さがみのかみ》の上屋敷に入った。米津家は一万千石の譜代大名だ。

仁左衛門は、献残屋の商売にきた……。

房吉はそう読み、愛宕権現の鳥居から山門までの急な石段を上がった。愛宕権現は、江戸城南では唯一の高台であり、町と海が一望にできて庶民の人気を集めていた。

房吉は、急勾配の石段の途中に佇み、大名小路を見下ろした。久喜藩上屋敷が見えた。

「そうか、楽翁様お好みの銀の香炉の逸品、漸《よう》く手に入ったか」

久喜藩江戸留守居役香川図書《かがわずしょ》は、仁左衛門の報告に喜んだ。

「はい……」

「流石《さすが》は蓬萊堂、でかしたぞ」

「ですが香川様、何分にも骨董品、少々磨かなければなりませんので、何卒《なにとぞ》、後四日ほどお待ち願いたいと存じます」

「うむ。では、五日後に巣鴨の中屋敷に伺い、楽翁様に献上致そう。四日の約束、違《たが》えてはならぬぞ」

「心得ましてございます」

仁左衛門は文吉の作った銀の香炉を、香川を通じて楽翁の元に送り込むつもりだ。

「それで香川様、その銀の香炉をお譲り下さる方にございますが、出来ますならば、楽翁様にお目通り致したいと願いでております」

「どのような者だ」

「はい、さる御旗本の未亡人で、只今は茶の師匠をされているお方にございます」

「ほーう、女性《にょしょう》か……」

「はい、如何でございましょう。銀の香炉と茶を嗜《たしな》まれるお武家様の未亡人、楽翁様もきっと喜ばれる趣向かと存じます」

「うむ、面白い。何とか叶うよう、尽力してみよう」

「ははっ。これで、この蓬萊堂仁左衛門の顔も立つというもの、ありがとう存じます」

あざみを使い、楽翁暗殺をより確かなものにする。

仁左衛門はそう決意していた。

第四章　黒の殺戮

一

五月五日、端午《たんご》の節句が近づいた。
江戸の空には、男の子の立身出世を願う鯉のぼりが泳いでいた。
五月の江戸は、大相撲の夏場所、隅田川の川開きが続き、賑やかに夏を迎える。
神楽坂の若宮八幡宮は、真夜中の静寂に包まれていた。
左近が境内に入ってきた。
暗がりから忍び姿の陽炎が現れた。
「どうだ……」

「変わった様子はない……」

「そうか、では……」

「陽炎、土方が泊まるのは、美奈が暮らしている離れ座敷だ」

「心得ている」

「うむ、相良平蔵たちは私が引き受けるが、決して無理はするな」

左近が心配してくれている……。

陽炎がそう思った時、

「心配無用だ……」

意に反した言葉がでた。

左近の頬に苦笑が湧いた。

「土方の命、必ず奪ってくる……」

動揺を隠すように素早く身を翻した。

左近は、闇に消えていく陽炎を見送った。

これから陽炎は、細井広太夫の屋敷に潜み、十日に一度、つまり明日訪れる土方縫殿助の命を狙うのだ。

同時に左近は、文吉を死に追いやった相良平蔵と決着をつけるつもりだった。

細井屋敷は静まり返っていた。

どうやら陽炎は、何事もなく忍び込んだようだ。

左近は、夜が明けるまで細井屋敷を見守り、神楽坂を降りた。


陽炎は細井屋敷に忍び込み、離れ座敷の天井裏に潜んでいた。

天井裏から覗き見た離れ座敷には、土方の愛妾である娘の美奈が眠っている。

十四歳の美奈の寝顔は、まだあどけない子供だった。

このような娘を抱き、玩《もてあそ》ぶ土方縫殿助……。

怒りが湧いた。

陽炎の怒りは、土方だけに止《とど》まらず、美奈の父親である奥右筆組頭の細井広太夫にも向けられていった。

子《ね》の中刻（深夜零時）。

日付が変わり、すでに土方の訪れる日になった。土方は、暮れ六ツにくる筈だ。

必ず殺す……。

陽炎は静かな闘志を燃やした。

房吉は、仁左衛門の監視を続けていた。

仁左衛門は、毎日のごとく日暮里《にっぽり》にある蓬莱堂の寮を訪れていた。

日暮里は上野寛永寺の北にあり、元は「新堀」といったが、四季の眺望の良さから「日暮らしの里」と文人たちに好まれ、「日暮里」と呼ばれるようになった。

蓬莱堂の寮には、年増女《としま》と中年の下男が寮番として暮らしていた。

年増女は茶の湯の師匠らしく、一日中茶を点《た》てていた。仁左衛門は茶の湯を習い、半刻ほどを過ごして蓬莱堂に帰っていく。

茶の湯を習いにきているだけではない。

房吉は、茶の湯の師匠の年増女と下男の身元を調べ始めた。

年増女は、仁左衛門配下のあざみ。そして、下男は薬師の久蔵だった。

申《さる》の刻（午後五時）、頭巾を被った土方縫殿助が、相良平蔵たち四人の供を従えて、沼津藩上屋敷から現れた。

土方たちは、数寄屋橋付近の船着き場から屋形船に乗り、呉服橋《ごふく》を過ぎて右に折れ、一石橋を潜って日本橋川を下った。

一石橋とは、橋の北に金座《きんざ》の後藤庄三郎《ごとうしょうざぶろう》がおり、南に呉服師の後藤縫殿助《ぬいのすけ》がいたところから、「五斗と五斗を合わせて一石」という洒落《しやれ》で名付けられていた。

日本橋川を下った屋形船は、三ツ俣を抜けて隅田川に出た。

後は神田川に入り、遡る筈だ……。

左近は猪牙舟を操り、土方たちの乗る屋形船を追い越し、両国橋を潜って神田川に入った。土方たちを乗せた屋形船が、左近の操る猪牙舟を追うように神田川に入ってくる。

間違いなく神楽坂の細井の屋敷に行く。

左近は続いてくる土方たちの屋形船を確認した。

猪牙舟と屋形船は、一定の間隔を保って牛込御門に向かった。


湯浴みをした美奈は、女中たちによって着替えさせられ、離れの座敷に座っていた。次の間には、薄明かりが灯され、すでに布団が敷かれている。

一人座っている美奈の顔は、まるで人形のように無表情だった。

美奈は、祖父のような男に抱かれ続け、若い娘としての夢と希望をすでに失ってしまっているのだろう。

哀れな……。

陽炎は、痛ましさを覚えずにはいられなかった。

美奈のためにも、土方縫殿助は斬らねばならぬ……。

抑えきれぬ殺意が、激しく燃え上がる。

まだだ、まだ早い……。

陽炎は、懸命に自分を落ち着かせた。


暮れ六ツ（午後六時）。

土方は、相良たちに前後を守られて神楽坂をあがり、若宮八幡宮隣の細井屋敷に入った。

門を潜った土方たちを、誰も迎えに現れない。相良は屋敷内の気配を探った。

屋敷内からは、息をひそめている細井広太夫たち家族の気配が窺えるだけだった。

異常はない……。

相良は土方に頷いた。

庭から美奈付きの女中が現れ、土方を離れ座敷に案内していった。

相良は武士の一人を残し、二人を連れて門外に出た。

門の外に出てきた相良は、二人の武士を屋敷の左右に配し、己は正面の警戒についた。

倒すべき敵は、四人……。

左近が見たところ、三人の武士は相良ほどではないが、かなりの使い手と言っていい。万が一、手間取れば、不利になるだけでなく、陽炎にも影響する。

相良から倒す……。

左近はそう決めた。


土方を迎えた美奈は、酒肴を整えた女中の去るのを見届けて、酒を酌した。そのしぐさには、十四歳の少女とは思われぬ媚《こび》が含まれていた。

誰が美奈にそうさせたのだ。

哀れさと怒りが募り、殺意がこみあげた。

焦るな……。

陽炎は、こみあげる殺意を懸命に抑え、機会を待った。

土方は貧相な顔に好色さを浮かべ、その貧弱な胸に美奈を抱き寄せた。

抱き寄せられた美奈は、土方を見上げた。土方は唇を尖らせ、美奈に口うつしの酒を飲ませた。美奈は小さく噎《む》せ、細い眉を顰《ひそ》めた。涎《よだれ》を垂らさんばかりに喜んだ土方は、美奈を膝の中に抱き、なおも美奈に口うつしで酒を飲ませた。

まだだ、焦るな……。

襲うのは、土方が全ての気力を美奈の肉体に集中した瞬間なのだ。

それ以前に襲い、万が一失敗した時、陽炎の殺意は、一瞬にして相良たちに悟られる。

陽炎は必死に自分を抑えた。

左近は闇に溶けこみ、離れ座敷の様子を窺っていた。

離れ座敷からは、すでに淫靡な熱が微かに漂い続けていた。

この淫靡な熱が、途切れた時、左近は行動を開始するつもりだ。

いまだ……。

陽炎は、ためにためた殺意を爆発させた。

天井裏から飛び下りた陽炎が、忍び刀の抜き打ちを土方の染みの浮かんだ背中に浴びせた。

血が飛ぶより先に土方が振り返り、猛然と立ち上がった。土方の背中から血が噴き出した。

次の瞬間、陽炎が二の太刀を放った。

土方が無様《ぶざま》に仰け反った。

陽炎の忍び刀は、土方の下腹部を斬り飛ばした。

土方は苦しげに呻いて仰け反り、激痛に身を歪めてうずくまった。

貫った……。

陽炎が止めを刺そうとした。

その時、美奈がうずくまった土方に抱きつき、陽炎の刀を遮った。

躊躇いと衝撃が、陽炎を襲った。

素肌に土方の血を浴びた美奈が、苦しむ土方を抱き締め、無防備な姿をさらして庇《かば》っている。

その姿は、まるで土方と一緒に殺してくれと叫んでいるかのようだった。

何故だ……。

陽炎は激しく動揺した。

何故だ。何故、土方を庇うのだ……。

美奈が振り返り、陽炎を睨みつけた。その眼には、激しい憎悪が込められていた。

陽炎の殺意が、急速に萎《な》えていった。

淫靡な熱が、途切れた。

陽炎が土方を襲ったのだ。

離れ座敷の異常は、相良も察知した。

左近は、闇に溶け込んでいた己を現し、激しい殺気を放った。相良たちの注意を、自分に引きつけようとしたのだ。

だが、相良は左近の殺気を無視して、屋敷内に入ろうとした。

左近が闇を蹴って飛んだ。

相良が、振り向きざまの抜き打ちを左近に放った。

闇に火花が散った。

左近の無明刀が、相良の刀を弾き飛ばした。三人の武士たちが、血相を変えて駆け寄ってきた。

「土方様を」

相良は叫び、左近に鋭く斬りつけた。

拙《まず》い……。

左近は相良の攻撃を躱し、屋敷内に入ろうとする三人の武士に一気に迫った。

剣客としての本能が、三人の武士たちを踏み止まらせた。

刹那、左近の無明刀が光芒を放った。踏み止まった武士の顔が、斜めに斬り飛ばされた。そのまま左近は、残った二人の武士に無明刀を閃かせた。

刀を握り締めた腕が夜空に飛び、残る武士が真向に斬り下げられた。

腕が斬り飛ばされた武士は、身体の均衡を崩して独楽《こま》のように廻って崩れた。

真向に斬り下げられた武士は、血を霧のように噴き上げて仰向けに倒れた。

残るは相良平蔵のみ……。

激怒した相良が、猛然と左近に斬りつけてきた。左近は大きく飛び退いて対峙した。

「日暮左近……」

相良は怒りに震えていた。

左近は、無明刀をゆっくりと大上段に構え、全身を隙だらけにした。

天衣無縫の構えだ。

怒りに震える相良は、誘われるように猛然と走り、左近に斬り掛かった。

左近は、逃げも躱しもしなかった。

相良の刀が、左近に向かってきらめいた。

刹那、無明刀が瞬いた。

剣は瞬速……。

左近の無明刀は、相良の刀に交錯する暇を与えず、真向に斬り下げられた。

相良の額が、ゆっくりと二つに割れた。血が、霧のように噴きあがった。そして、棒のように倒れた。

左近は残心の構えを解いた。

相良平蔵は絶命した。

これで、文吉の依頼した公事訴訟の始末はついた。公事宿巴屋の出入物吟味人としての役目は終わった。

背後に人の気配がした。

左近は素早く振り返った。

陽炎がいた。

「首尾《しゅび》は……」

「止めは刺せなかった……」

陽炎の眼差しは、鈍く虚《うつ》ろだった。

細井屋敷から悲鳴があがった。

「長居は無用だ……」

左近は陽炎を促して神楽坂を下り、牛込御門の船着き場に急いだ。


左近の操る猪牙舟は、神田川を静かに下っていた。

陽炎は言葉もなく、月の光を浴びた川面の煌めきを見つめていた。その身に漂う血の匂いは、土方を斬ったことを証明していた。

陽炎に何があったのか……。

左近には分からなかった。

唯一、分かることは、土方を斬りはしたが、思いもよらぬ衝撃を受けて、止めを刺せなかったと言うことだけだった。

思いもよらぬ衝撃とは、なにか……。

川の流れを見つめる陽炎の顔は、疲労と淋しさに包まれていた。

鉄砲洲波除稲荷裏の巴屋の寮は、左近と陽炎に緊張を解かせた。

「残る標的は、水野出羽守……」

陽炎は、戸惑った面持で頷いた。

「……何があった」

「左近……男と女とは、一体なんなのだ」

意外な言葉だった。

「陽炎……」

「美奈は我身を棄てて、土方を庇った……」

「美奈が土方を……」

「そうだ。自分の身体を汚した薄汚く醜い男をだ。何故だ。美奈は何故、そんな土方を庇ったのだ」

左近は、ようやく陽炎の受けた衝撃の正体が分かった。

「何故だ、左近。分かるなら、教えてくれ」

おそらく美奈は、好んで土方に抱かれたわけではない。むしろ、憎悪を持って抱かれていた筈だ。だが、肌を重ねる内に悦楽を知り、己になくてはならぬ大切なものになった。やがて、土方に対し、新しい気持ちが生まれた。

「……愛だ」

「愛……」

「そうだ……」

「美奈は土方を……十四歳の娘が、父親よりも年上の醜い男を愛していたというのか」

「おそらくな……」

「信じられん」

「男と女の間には、他人には窺い知れぬ魔物が潜んでいる」

「魔物……」

「それが、愛や憎悪に身を変えて、男と女の間に生まれる」

「愛や憎悪……」

美奈と土方の間には、男と女の愛がある。ならば、自分と左近の間には、何があるのだ。兄の仇という憎悪がある。

だが、それだけではない……。

陽炎の身体が火照《ほて》った。火照りは、身体の芯から湧いていた。

夜の江戸湊には、月光に輝く波が繰り返し打ち寄せていた。

陽炎は着物を脱ぎ棄て、全裸になって海に入った。五月の海は、冷たく陽炎の素肌に染みた。

火照りが、ゆっくり冷めていく。

陽炎の脳裏には、美奈と土方の絡み合う姿が浮かび、喘《あえ》ぎ声と肌の触れ合う微かな音が蘇った。

あれが愛なのか……。

陽炎は浜辺にあがった。

月明かりが、陽炎の裸体を青白く照らした。

小振りな乳房から流れた雫《しずく》が、引き締まった腹を伝い、固く張った腰の間の仄《ほの》かな陰りから滴り落ちた。

陽炎は、己の身体を両手で抱き締めた。

左近に抱かれたことのある身体を……。

陽炎の裸体が、月明かりを浴びて淡く輝いていた。

波除稲荷の境内では、左近が浜辺に佇む裸の陽炎を茫然と見つめていた。

見たことがある……。

私は、月に輝く裸の陽炎を見たことがあるのだ……。

激しく水を落とす滝が浮かんだ。

滝……。

左近の失われた記憶が、夜の潮騒に包まれて僅かずつ蘇りはじめた。

二

仁左衛門は驚愕した。

相良平蔵たちが斬られ、土方縫殿助が重傷を負ったことに驚愕するしかなかった。

土方は今、生死の境を彷徨《さまよ》っている。

細井広太夫の呼んだ医師が、とりあえず袈裟掛けに斬られた背中と下腹部の傷を縫い合わせた。

仁左衛門は細井家に急ぎ、何者が土方を襲撃したのか、美奈に問いただした。

女忍び……。

以前、土方を襲撃した秩父の女忍びだ。

仁左衛門は確信した。だが、相良たち四人の護衛を斬ったのは違う。四人は皆、一太刀で斬り棄てられていた。顔や腕を斬り飛ばされ、頭を真向から斬り下げられているのだ。

まるで、据え物でも斬るかのごとく……。

日暮左近だ。

全身が怒りに激しく震えた。

仁左衛門は配下に命じ、土方を極秘裏に外桜田の沼津藩上屋敷に運んだ。

主の水野出羽守忠成は、昏睡状態の土方をみて、端正に整った顔を歪め、恰幅のいい身を震わせた。そして、控えている仁左衛門を冷たく一瞥《いちべつ》し、無言のまま出ていった。

土方が命を取り止めたとしても、おそらく今までの気力を失った者でしかない。

最早、土方縫殿助は死んだも同然……。

仁左衛門は、土方を守ることに失敗したのだ。汚名を雪《すす》ぐには、忍びとしての役目を果たし、報復するしかない。

やらねばならぬことは、土方に依頼されている楽翁松平定信の暗殺だった。

落ち着け……。

仁左衛門は己に言い聞かせた。

久喜藩江戸留守居役の香川図書が、細工をした銀の香炉を巣鴨にいる楽翁に献上するのは明日だ。

楽翁が暮らす巣鴨の白河藩中屋敷は、月山の金剛たち出羽忍びが警固している。まともに闘えば、配下の損害は計り知れない。

それ故の銀の香炉なのだ……。

仁左衛門にようやく冷徹さが戻ってきた。

明日だ。明日が勝負なのだ……。

仁左衛門は企てを反芻《はんすう》し、楽翁松平定信が青い毒煙に絶命する姿を思い浮かべた。

左近は巴屋を訪れ、彦兵衛に事の顚末《てんまつ》を報告した。

「……土方縫殿助、運の強い男ですね」

「ええ……」

「ですが、命をとりとめたところで、もう終わりでしょう」

「そう思いますか……」

「間違いありません。権力を操る者は、一時でも表舞台から消えたら、それまでなのです」

「そんなものですか……」

「ええ……ま、これで文吉さんも、ようやく浮かばれるでしょう。ご苦労さまでした」

「いいえ……」

「ところで左近さん、房吉の話では、仁左衛門が妙な場所に出入りしているそうですよ」

「妙なところ……」

「ええ、日暮里の茶の湯の師匠のところだそうです……」

「仁左衛門が茶の湯……」

「それも、師匠は女でしてね」

「女師匠……」

「ええ。ここのところ、毎日……もっとも房吉が張り付いていますから、何か変わったことがあれば、すぐ報せがきますがね」

仁左衛門が動いている。勿論、楽翁松平定信の命を狙ってのことだ。

土方を襲撃され、相良を失った仁左衛門にとって、水野出羽守を守り抜き、楽翁暗殺を成し遂げることだけが、忍びとしての名と誇りを保つ手立てなのだ。

仁左衛門の楽翁暗殺は近い。

房吉に逢い、詳しいことを聞かなければならない……。

左近は、房吉が張り込んでいる献残屋蓬萊堂に急いだ。


房吉は、愛宕下の大名小路にいた。

仁左衛門が、蓬萊堂に来た日暮里の茶の湯の女師匠を連れ、久喜藩の江戸屋敷を訪れていたのだ。

仁左衛門が何故、女師匠を連れて久喜藩江戸屋敷を訪れ、誰に逢っているのかは、分からない。

いかに房吉でも、大名屋敷の内情を調べるのは難しく、焦りを浮かべながら屋敷の周囲をうろつくしかなかった。


「見事なものだ……」

香川図書は、差し出された銀の香炉に眼をみはり、手に取って感心した。勿論、銀の香炉は、殺された文吉の造ったものだ。

「過分なお言葉、おそれいります……」

差し出した茶の湯の女師匠が、頭を下げて礼を述べた。あざみだった。

「それで香川さま、楽翁様は何と……」

仁左衛門が、心配そうに眉を顰めた。

「おお、あざみ殿のことならば、楽翁さまは目通り、許すとのお言葉だ」

「ならば明日……」

「左様《さよう》、巣鴨に一緒に銀の香炉を持参致せとの仰せだ」

「それはそれは……ようございましたな、あざみさま」

「はい。何も彼《か》も香川さまのお力、かたじけのうございます」

「いやいや、楽翁様も御隠居なされ、暇を持て余しておいでなのだ。武家の後家が、茶の湯の師匠をし、千利休が秘蔵した銀の香炉の写しを持っていると知り、いたく面白がられてな……して、あざみ殿は何故、楽翁様にお目通りしたいのかな……」

「はい。亡くなった夫は、さる大名家の家臣でございました。ですが、お殿様は畏《おそ》れおおくも松平定信様、いえ楽翁様の政《まつりごと》を嫌い罵倒《ばとう》し、それを厳しく諫《いさ》めた夫は……」

あざみは無念の涙を浮かべた。

「切腹を申しつけられ、家は断絶……」

仁左衛門が引き取った。

「なんと理不尽な……」

「夫が命懸けで信じた政……私は、そんな政をされた楽翁様に、一度お目通りし、亡き夫の墓前にそのお人柄を伝えたいと、願っておりました……」

「なるほど、よう分かり申した。それならば、楽翁様もきっとお喜びになられよう」

「勿体ないお言葉……」

「かたじけのうございます……」

すべては明日、あざみに掛かっている……。

仁左衛門は、楽翁暗殺に確かな手応えを感じた。

仁左衛門とあざみは、宇田川町で町駕籠を雇い、日本橋数寄屋町にある献残屋蓬萊堂に戻った。

町駕籠を降りた仁左衛門とあざみは、番頭や手代たち奉公人に迎えられて蓬萊堂に入っていった。

尾行して来た房吉が、物陰から見送った。何処から現れたのか、左近がいつの間にか傍にいた。

「……左近さん」

「あの女が、茶の湯の師匠ですか」

「ええ……」

「で、仁左衛門たち、何処に行っていたのですか」

左近と房吉は、蓬萊堂の店先が見通せる蕎麦屋に落ち着いた。

「愛宕下の久喜藩江戸屋敷……なにしに行ったのか……」

「ま、献残品の買い取りじゃあないのだけは確かですよ」

「ええ……」

左近と房吉は、運ばれた蕎麦を啜った。

「茶の湯の師匠、只の女には見えませんが」

「立ち振る舞いが、武家の女のようです」

「やはり……」

房吉の人を見る眼は、信じていい。

女が武家の出となれば、仁左衛門の楽翁暗殺の企てに何らかの関わりがある。

そう思って、間違いはないだろう。分からないのは、久喜藩の役割だ。

いずれにしろ、楽翁暗殺の決行は近い。仁左衛門から眼を離すわけにはいかぬ……。

左近は決意した。

「それにしても左近さん、相良の野郎を始末したのは、良かったですね」

「少しは、文吉さんの供養になったと思います」

「勿論です。ざまぁみろってんだ……」

「……それで、お袖さんの行方、探しているのですか」

房吉は、いきなり弱点を突かれたようにうろたえた。

「親父、酒だ。酒をくれ」

隠すように蕎麦屋の親父に怒鳴った。

おりんと彦兵衛の言う通り、房吉とお袖は男女の仲になっている。

房吉は蕎麦を啜り続けた。

自分から話し出すのを待つしかない……。

左近は黙って蕎麦を食べた。

店の小女が、酒を持ってきた。房吉は左近の杯につぎ、手酌で飲んだ。

「……左近さん、あっしとお袖さんは……」

「知っています……」

「左近さん……」

「彦兵衛殿とおりんさんに聞きました」

「……そうですか」

房吉はなおも酒を飲んだ。

「お袖さん、房吉さんに黙って姿を消したのですか……」

「ええ……」

「優しい人ですね」

「だから……だから、あっしは……」

「房吉さんには、小田原に許嫁のお絹さんがいます。忘れるべきでしょう」

「左近さん……」

「人の明日は知れません。だから、与えられた運命を信じるしかない」

左近は酒を飲んだ。杯の冷えた酒が、喉を流れて胃の腑に染み渡った。日本橋通りを行き交う人たちが、夕日に影を長く延ばして赤く染まり始めた。

左近は、仁左衛門の動きを陽炎に報せなかった。

陽炎が知れば、沼津藩上屋敷の監視を解き、秩父忍びの雇い主である楽翁を助けようとするかもしれない。

左近はそれを恐れた。

無用なことだ……。

所詮、忍びは金で雇われているだけだ。命じられたことだけをすればいい。陽炎は冷酷に割り切るべきだ。

人としての美しさは、己を滅ぼす……。

左近は、冷酷になり切れない陽炎を哀れみ、愛しく思った。

己の権勢と名を守るため、互いに刺客を差し向けて、醜く殺し合う水野出羽守忠成と楽翁松平定信。

滅びるがいい……。

出羽守も楽翁も、その日を精一杯に暮らしている庶民のことなど、眼中にはない。

仁左衛門の楽翁暗殺を傍観し、陽炎の出羽守暗殺を手伝う……。

そのためには、陽炎に教えない方がいいこともある。

左近は決めていた。


翌日、仁左衛門とあざみは、久喜藩留守居役の香川図書一行と出掛けた。

仁左衛門は、あざみの茶の湯の弟子として、香川の供に加わっていた。

左近は房吉を先行させ、挟むようにして尾行した。

昌平橋を渡った一行は、湯島を抜けて追分《おいわけ》の別れ道を右にとり、川越街道に入った。

露地から房吉が現れた。

「やっぱり川越街道でしたね」

「ええ、楽翁のいる巣鴨の白河藩中屋敷に間違いありません」

「で、仁左衛門の邪魔をするのですかい」

「いいえ、首尾を見届けるだけです」

「ってことは……」

「文吉さんを殺し、お袖さんを苦しめた元凶同士の愚かな殺し合い。見届けて笑ってやりましょう」

左近は微かに笑った。邪気のない、人懐っこい笑みだった。

冷たい風が、房吉の頰を撫ぜた。

左近の人懐っこい笑みには、情け容赦なく敵を斬る恐ろしさが秘められている。

「なるほど。じゃあ、あっしは一足先に……」

「房吉さん、中屋敷には出羽忍びがいます。決して無理はしないように……」

「心得ていますぜ……」

房吉は、露地に駆け込んでいった。

やはり仁左衛門は、楽翁暗殺を決行するのだ。だが、白河藩中屋敷には、月山の金剛たち出羽忍びがいる。文吉が細工をした銀の香炉を使うにしても、金剛たちの眼を盗むのは難しい。

女だ。茶の湯の女師匠を使う気だ……。

だが、相手は七十歳を過ぎた老人。そして、公儀を支配した松平定信だ。女だからと侮り、油断をする筈もない。

仁左衛門はどうする気なのだ……。

左近は尾行した。

やがて、香川図書の一行は巣鴨に入り、楽翁の暮らす白河藩中屋敷が見えてきた。

楽翁松平定信は上段の間に座り、平伏して挨拶をする香川とあざみを機嫌良く迎えた。

仁左衛門と香川の供侍たちは、玄関脇の使者の間で待たされていた。

「久しいのう、香川、面《おもて》をあげい」

「ははっ……」

香川は楽翁の顔を見て、微かに戸惑いの色を浮かべた。

「で、香川、千利休が秘蔵した銀の香炉の写しとは、何処だ」

楽翁の声が、香川の戸惑いを消した。

「ははっ、あざみ殿……」

控えていたあざみが、僅かに進み出て、楽翁の用人北村外記《きたむらげき》に桐箱に納めた銀の香炉を差し出した。

「その方が、あざみか……」

「は、はい……」

あざみが慌てて平伏し、北村を窺った。

「構わぬ。直答を許す……」

楽翁が苦笑混じりに告げた。

「かたじけのうございます」

「なあに、今の儂《わし》は、暇を持て余す只の隠居。遠慮は無用だ」

「楽翁さまの仰せだ、銀の香炉、御披露致すが良い」

「あざみ殿、さあ……」

北村の言葉に香川が促した。

返事をしたあざみが、桐箱から銀の香炉を取り出し、楽翁に捧げ渡した。

楽翁は、銀の香炉をしげしげと見廻した。

「……香川、見事な香炉だ。これで聞く香は、格別であろう」

「ははっ、勿体《もったい》ないお言葉にございます」

「うむ。して、あざみとやら、この銀の香炉には、どのような香が似合うのだ」

「伽羅《きゃら》香にございます」

「ほーう、伽羅か……」

「はい。左様にございますが……」

あざみが言葉を濁した。

「……ですが、何だ」

「は、はい……」

躊躇《ためら》った。

「構わぬ、申してみよ」

あざみは、尚も躊躇った。

「楽翁様の仰せだ。申すが良い」

「はい、その銀の香炉で香を聞くには、夜が宜しいかと存じます……」

「夜……」

「はい。夜、伽羅を焚くと、その立ちのぼる煙がまとわりつき、銀の香炉が薄青色に輝くのでございます」

「面白い……」

楽翁は眼を輝かせた。

仁左衛門は全身を研ぎ澄ませて、屋敷内の様子を窺っていた。

出羽忍びの気配は、まったく感じられない。だが、屋敷内に潜み、厳しい警戒をしているのは間違いない。

出羽忍びが気配を感じさせない限り、あざみの正体は見破られていないと思っていい。事は順調に進んでいる。

仁左衛門はそう思った。いや、そう願ったと言うべきだった。


左近は、房吉を中屋敷の門前に残し、向かい側にある真性寺《しんしょうじ》の屋根に潜んだ。

白河藩の中屋敷には、殺気も混乱も窺えず、異常はなかった。

暗殺決行は夜……。

香川図書たちと共に中屋敷に入った仁左衛門が、屋敷内の何処かに潜み、夜を待って楽翁を襲撃する可能性もある。

果たして仁左衛門は、銀の香炉をどのように使って楽翁を襲撃するのだろうか……。

左近の興味は尽きなかった。


「今宵にでも、この銀の香炉で伽羅を焚いてみよう」

興をそそられた楽翁は、玩具を与えられた子供のように嬉しげだった。

「おそれながら楽翁様……」

「なんだ、あざみ」

「はい。銀の香炉に伽羅の煙をまとわりつかせ、青色に輝かせるには、香の置き方に」

「秘伝があると申すか」

楽翁が被せるように尋ねた。

「はい……」

「ならばあざみ、その方が焚《た》くが良い」

「……私がでございますか」

「構いませぬな、香川殿」

北村が香川に尋ねた。

「それはもう、あざみ殿が良ければ……」

「ではあざみ、今宵、茶室に銀の香炉を持参致すが良い。香川、面白い献上品、気にいった。久喜藩の嘆願、儂から上様のお耳に入れておく」

「ははっ、主、米津相模守に成り代わり、伏して御礼申しあげます」

香川が礼を述べ終わった時、楽翁はすでに奥に入り、姿を消していた。

仁左衛門の目論見《もくろみ》通り、あざみは楽翁接近に成功した。

あざみは残る。

香川からそう報された時、仁左衛門は密かにほくそ笑《え》んだ。

楽翁が罠に片足を入れた……。

だが、懸念があった。月山の金剛たち出羽忍びの動きだ。

静か過ぎる……。

仁左衛門は、不安と苛立ちを覚えた。


香川図書の一行が、中屋敷から出てきた。

一行の中に仁左衛門がいた。

仁左衛門の襲撃はない……。

だが、茶の湯の女師匠の姿がなかった。

銀の香炉を使って楽翁を襲撃するのは、茶の湯の女師匠なのだ。

不可解なのは、月山の金剛たち出羽忍びの静けさだった。金剛たちは、香川図書の供侍と一緒にいた仁左衛門が、伊賀忍びの頭領服部仁左衛門と見抜けなかったのか。

左近は、出羽忍びの静けさに少なからず戸惑い、不気味さを感じていた。

危険だ……。

失った記憶が囁いた。

三

夜になっても、白河藩中屋敷から出羽忍びの気配は窺えなかった。

「静か過ぎて気味が悪いな……」

房吉が眉を顰《ひそ》めた。

「こいつは何か、企みがありますぜ……」

房吉の睨み通りだ。

誘いだ……。

失った記憶が、すでに左近に囁いていた。

月山の金剛たち出羽忍びは、息を潜めて仕掛けを待ち構えている……。

もしそうなら楽翁と月山の金剛は、仁左衛門の仕掛けをとうに見抜いているのだ。果たして仁左衛門の仕掛けは、月山の金剛たちを出し抜くことができるのだろうか。

黒い人影が、闇から浮かんで屋敷の横手に消えた。

忍び……。

出羽忍びか、それとも首尾を見届けにきた仁左衛門かも知れない。

「房吉さん、ここにいて下さい」

「左近さん……」

「様子を見てきます……」

「大丈夫ですかい」

「ええ……」

左近は地を蹴って飛び、白河藩中屋敷の塀の中に消えた。

夜の闇は、あらゆるものを飲み込む。

庭に降りた左近は、暗い闇に溶け込んで屋敷の様子を探った。先に入った忍びの気配はない。すでに屋敷内に潜入したのかも知れない。左近は己の気配を消し、暗がり伝いに屋敷に進み、音もなく忍び込んだ。

伽羅の香りがした。

銀の香炉で焚いているのだ。

仕掛けはすでに始まっている……。

伽羅の香りは、廊下の奥から漂ってきていた。左近は油断なく進んだ。

銀の香炉からは、伽羅の香りと共に白い煙が揺らぎながら立ちのぼっていた。

楽翁とあざみは、黙って伽羅の香りを楽しんでいた。

「あざみ、香炉が薄青色に輝くのは、そろそろかな……」

「左様にございます……」

あざみは返事をし、静かに眼を閉じた。

伽羅香が燃え尽き、細工に仕込んだ毒に火がつく時は近づいていた。

あざみは覚悟していた。

間もなく毒に火が廻り、青い煙が立ちのぼる。何の苦しみも痛みも感じず、死ねる。

所詮、阿片にむしばまれた身体。ぼろぼろに腐り果てるより、美しいままに死ねる方がいいに決まっている。

あざみは、仁左衛門の心配りに感謝し、穏やかな心で伽羅の香りを楽しんだ。

伽羅の香りが消えた。

毒が燃え、青い煙があがり、死ぬ……。

「あざみ、青い煙だ……」

楽翁の生涯最後の言葉だ。

仕掛けは、上首尾に終わる……。

あざみは微笑み、己の死を待った。

消えた筈の伽羅の香りが、再び漂った。

あざみが怪訝に眼をあけた。

楽翁の老いた顔が笑っていた。そして、銀の香炉が、他の香炉に代わって伽羅の香りを漂わせていた。

仕掛けは見破られた。

これまでだ……。

あざみは、帯に仕込んでおいた長い毒針を抜き、楽翁に飛び掛かった。

刹那、楽翁が飛んだ。

忍び……。

楽翁の動きは、隠居のものではなく、忍びの技だった。そして、出羽忍びたちが現れた。

あざみが、反射的に毒針で己の喉を突こうとした。だが、出羽忍びの一人が、あざみを張り飛ばした。あざみは、壁に激しく叩きつけられ崩れ落ち、呻きを洩らして気を失った。月山の金剛だった。

「伊賀者が、下手な小細工をしおって……」

金剛が、銀の香炉を叩きつけた。香炉が壊れ、細工から小さな青い結晶が転りでた。

「連れていけ」

出羽忍びたちが、気を失ったあざみを担ぎだしていった。

楽翁が、小さな青い結晶を懐紙で拾いあげた。

「幻斎《げんさい》殿、それが毒か……」

「うむ。どうやら南蛮渡りのものだ……」

小さな青い結晶は、鈍い光を微かに放っていた。

幻斎殿……。

楽翁と思っていた老人は、影武者だった。

縁の下に潜んでいた左近は驚いた。

殺気が湧いた。

左近は殺気の出所を探した。闇に影が動いた。先に潜入した忍びだった。

指笛が低く鳴り響いた。

茶室にいる月山の金剛が、縁の下から放たれた殺気に気付き、配下の忍びたちを呼んだのだ。人影が、縁の下の暗がりを走った。蓬萊堂仁左衛門だった。

左近は動かず、闇に溶けたままでいた。

庭に殺気が漲《みなぎ》った。

仁左衛門と出羽忍びたちが、庭を走り、夜空を飛んで激しく交錯した。

仁左衛門は、宙を飛んで棒手裏剣を連射した。数人の出羽忍びが、悲鳴もあげずに倒れた。だが、出羽忍びは怯みもせず、次々と仁左衛門に襲い掛かった。仁左衛門は忍び刀を抜き、殺到する出羽忍びの中に突入した。

仁左衛門は、屈辱と怒りにまみれていた。

楽翁は影武者だった。それは、とりも直さず己の策が見破られ、玩《もてあそ》ばれたことなのだ。

仁左衛門の殺気が、どす黒く燃えて激しく渦巻いた。

茶室には、楽翁を演じた影武者の幻斎が一人残っていた。

縁の下からあがった左近は、暗い廊下を進んで茶室を窺った。

幻斎は白い付け眉と顎髭を取り、素顔を見せた。現れた素顔は、大して変わらなかった。やはり幻斎の素顔は、楽翁に似ているのだろう。

左近がそう思った時、幻斎の手元がきらりと光った。

伏せろ……。

失った記憶が囁いた。

左近は素早く伏せた。空を引き裂く音が、頭上に短く鳴った。畳針のような手裏剣が、左近の背後の壁に深々と突き刺さり、胴震いした。

咄嗟に左近は、針を抜き取って天井裏に飛び、姿を消した。

幻斎は、左近の消えた天井を見つめ、

「……大介……」

微かな呟きを洩らした。

激闘は続いていた。

仁左衛門は返り血に染まり、修羅《しゅら》のごとく闘った。闇から千鳥鉄の分銅が飛来し、仁左衛門の忍び刀に絡み、奪いとった。

月山の金剛が、闇の中から湧くように現れ、千鳥鉄の分銅を唸らせた。仁左衛門は転がって躱し、殺到する出羽忍びに鋼の手甲で守られた拳を浴びせ、小柄ほどの剣を振るった。肉が裂け、血が飛び散った。

これまでだ……。

仁左衛門は、斬り掛かった出羽忍びの頭上に飛び、その肩を蹴って塀を越え、中屋敷を脱出した。出羽忍びたちが追った。

見送った金剛は、残忍な笑みを浮かべて屋敷に戻った。

白河藩中屋敷は静まり返っていた。

忍びの者たちは、闘いの気配を決して外に洩らしはしなかった。

「どうなってんだ……」

房吉が、向かい側の真性寺の塀の陰から見守っていた。

「さあ、帰りましょう……」

闇から左近が現れた。

「どうなりました」

「暗殺は失敗です……」

左近は短く答え、足早に戻り始めた。房吉が続いた。

仁左衛門は逃げ切るだろう。

茶の湯の女師匠は、楽翁暗殺に失敗した。そして、月山の金剛たち出羽忍びに捕らえられた。女師匠の行く末は、決まっている。

死……。

茶の湯の女師匠は、仁左衛門配下の忍びだ。暗殺の刺客に決まった時、女師匠は死を覚悟した筈だ。

私もその昔、死を覚悟して、陽炎の兄の結城左近と共に楽翁こと松平定信暗殺に挑んだのだ。そして失敗し、辛うじて脱出した……。

今、秩父忍びは、かつて命を狙った楽翁松平定信の依頼を受けて行動している。

所詮、忍びの者は、己の意志を持たぬ使い棄ての道具に過ぎぬ……。

左近は、虚しさを覚えた。

そして新たな疑問が、左近を静かに突き上げていた。

影武者の老人の正体だ。

老人が使った手裏剣は、畳針のようなものだ。左近は、同じ手裏剣を使う忍びがいるのを知っている。

陽炎……。

老人と陽炎は、何らかの関わりがあるのだ。ならば、秩父忍びなのだろうか。

お館様……。

陽炎によれば、秩父忍びの総帥であるお館様は、何故か姿を消したという。

ひょっとしたら……。

左近は、房吉と夜道を急いだ。


地下の拷問蔵には、血と汗と嘔吐《おうと》の匂いが微かに漂っている。

あざみは、自害を防ぐ猿轡をかまされ、左右の手を二本の鎖で結ばれて吊り下げられていた。

出羽忍びの厳しい拷問が、これから始められる。

あざみは恐怖にかられた。

恐怖は拷問にではなく、背筋に湧いた悪寒にだった。やがて悪寒は、背筋から全身に広がり、気を狂わせる。あざみは、己の肉体に潜む阿片の毒が切れるのを恐れた。阿片の禁断症状を恐れたのだ。

今までにあざみは、何人もの人間を阿片中毒にして葬り、恐ろしさを知り尽くしていた。

阿片の禁断症状は、人間から誇りや尊厳を奪い取り、飢えた餓鬼のように狂わせる。あざみはそれを恐れた。

悪寒が全身に広がった。あざみは苦しく呻き、鳥肌のたった身を捩《よじ》り、小刻みに震え始めた。

無数の虫が、肉と皮膚の間を這い廻る……。

豊満な身体が震え、筋肉が引きつった。

出羽忍びは何故、ひと思いに殺さなかったのだ。あざみは、初めて出羽忍びに怒りを覚え、恨んだ。

死にたい……。

あざみは、一刻も早い死を望んだ。だが、舌を噛み切るのは、猿轡が邪魔をして不可能だ。あざみは震える手で、吊り下げている鎖を握って力を込めた。震える身体が、僅かに持ち上がった。あざみは、震える身体を必死に持ち上げた。

人として死にたい……。

その一念で、あざみは猿轡を噛み締め、己の身体を持ち上げた。二本の鎖を握る両手が、眼の前に見えた。あざみは、必死に二本の鎖を交差させ、左右の手で両肩の骨を固く握り締めた。

悪寒は一段と激しくなり、あざみの豊満な身体を震わせ、揺らした。

あざみは必死に悪寒に耐え、眼の前で交差している鎖に顎を乗せた。左右の手の爪が、肩の肉に食い込み、血を滲ませた。

これで、人として死ねる……。

あざみは、全身の力を抜いた。交差した鎖が、喉に激しく食い込んだ。喉の潰れる音がして、頭が唐突に仰け反った。眼の前が、一瞬にして真っ白になった。肩に食い込んでいた両手の爪が弾け、血が飛び散った。あざみの身体は、激しく廻って左右に揺れた。

あざみは、人として息絶えた。


畳針のような手裏剣が、陽炎に差し出された。

「これは……」

「陽炎の手裏剣と同じだろう……」

陽炎は頷き、手裏剣を差し出した左近を怪訝に見た。

「誰が持っていた……」

「……楽翁、松平定信の影武者」

「影武者……」

「ああ……」

「名は……」

「……幻斎」

陽炎は動揺を見せた。その動揺が、左近に影武者の正体を教えてくれた。

「お館様か……」

「そうだ。秩父幻斎様だ……」

「秩父幻斎……」

楽翁松平定信の影武者は、やはり秩父忍びの総帥秩父幻斎だった。

あの老人が、私に忍びの技を仕込んだお館様……。

左近は思い出さなかった。

「お館様が、楽翁の影武者とは……」

陽炎は思い出した。

幻斎が姿を消した夜、滝に打たれていた自分に殺気を放って牽制《けんせい》した忍びの者がいた。

出羽忍び……。

だが、月山の金剛ではない。あの夜、陽炎を釘付けにした圧倒的な殺気は、金剛を凌《しの》ぐ気迫と力が秘められていた。

羽黒山には、月山の金剛たち出羽三山の忍びを支配する仏が棲むと聞く。

羽黒の仏……。

その者こそが、出羽忍びの総帥であり、陽炎を釘付けにした忍びなのだ。

お館様は、羽黒の仏と何らかの談合をして、陽炎に水野出羽守と土方縫殿助の暗殺を命じ、自分は楽翁の影武者になった。二人の談合が、お館様の望んだものかどうかは、分からない。

「羽黒の仏か……」

陽炎の睨みが正しいとしたなら、羽黒の仏は松平定信の側近として働いている。

その羽黒の仏こそが、かつて左近と陽炎の兄の松平定信暗殺を防いだ手練の忍びなのかもしれない。

得体の知れぬ緊張感が、唐突に左近の身体を突き上げた。

羽黒の仏、自分たちを叩きのめした恐ろしい手練の忍び……。

左近は確信した。

新たな疑問が湧いた。

羽黒の仏は何故、月山の金剛たち出羽忍びに暗殺を命じなかったのだろう。陽炎を暗殺者にした理由、利点が何かある筈だ。

陽炎が女だからか……。

いや、陽炎が女を武器にする女忍びでないことは、お館さまが一番良く知っている。

ならば何故だ……。

疑問はふくらみ続けた。

いつか必ず、出羽忍びの総帥羽黒の仏と闘わなければならない……。

左近は、それが運命だと感じていた。

あざみの死体が、日本橋の高札場にさらされた。

それは、月山の金剛たち出羽忍びの、仁左衛門たち伊賀忍びへの嘲笑に他ならない。

仁左衛門の怒りと屈辱は、頂点に達した状態で鎮まった。

殺してくれる……。

月山の金剛を葬り、恥辱を晴らし、伊賀忍びの誇りを取り戻さなくてはならない。それが、伊賀忍びの頭領として最低限の仕事なのだ。恥辱を晴らさない限り、伊賀忍びへの信頼は失せ、仕事の依頼は減り、嘲笑にまみれて生きていかなければならない。

食い止める手立ては、仁左衛門の手で月山の金剛を殺すしかないのだ。

柘植の陣内と相良平蔵を失った今、頼りになる配下は百獣屋の弥平しかいない。

弥平は、水野出羽守の身辺に潜み、秩父忍びから守っている。土方縫殿助を死んだも同然の状態に追い込まれ、水野出羽守を暗殺されたら、伊賀忍びは滅亡の一途をたどる。弥平を水野の警固から外すわけにはいかない。

秩父忍びと出羽忍び……。

両者の攻撃は、決して偶然ではない。背後に操る者が潜んでいるのだ。

楽翁、松平定信……。

仁左衛門は思わず呟いていた。

老いたとはいえ、希代の切れ者の松平定信だ。絵図の全てを描き、忍びの者を操るぐらい何ほどのこともない筈だ。

いずれにしろ月山の金剛を倒し、操る者の出方を見定めるしかない。

仁左衛門は、己一人で月山の金剛を葬ることにした。

「その女が、日暮里の茶の湯の女師匠だったのかい」

「ええ、殺されて晒しものにされるなんて、哀れなもんですよ」

眉を顰めて答えた房吉が、おりんの差し出した茶を啜った。

「幾ら命を狙ったからって、酷すぎる……」

おりんは、死体をさらされた茶の湯の女師匠を想像したのか、薄く涙ぐんだ。

「で、死体はどうなったのだ」

「そいつはもう、役人が……無縁仏として葬ったんじゃあないですかね」

「そうか……」

関わる者が、次々と死んでいく。

今度の事件は、公事訴訟を扱う公事宿の手をすでに離れ、想像もつかない危険なところに行ってしまっている。

「彦兵衛殿、そろそろ手を引く潮時かも知れません……」

「左近さん……」

左近が、片隅にひっそりと座っていた。

「文吉さんを殺した相良と忍びの者は、どうにか始末をし、恨みを晴らしました。公事宿としては、もう充分のはずです……」

「そりゃあそうですが。左近さん、私共が手を引けば、お前さんも手を引きますか」

「彦兵衛殿……」

「房吉、お前、どう思う」

「どうもこうもありませんよ。乗り掛かった舟。最後までやるしかありませんぜ」

「ですが、ことは公儀での力を争う、酷い殺し合い。危険なだけです」

左近は、彦兵衛たち公事宿巴屋を危険に晒したくなかった。

「左近さん、私たちが今更、手を引いたところで、奴らが納得して、放って置いてくれるとは思えませんがね」

「そうよね、本当のことを知っている限り、無事には済まないわよ……」

「やられる前にやる。もう、それしかありませんぜ……」

「それに左近さん、奴らが殺し合いを始めたからには、たかが公事宿一軒に構っている暇はない筈ですよ」

彦兵衛は見抜いていた。

蓬莱堂仁左衛門たち伊賀忍びは、すでに水野出羽守の警固と出羽忍びとの闘いに専念するしかない。そして今のところ、出羽忍びに公事宿巴屋を襲う理由はない。

「お偉いさんの汚い権力争い。できることなら両方叩き潰す。なあ、房吉……」

「はい、奴らの行く末を見届けて、笑ってやりてえもんですよ」

「鯛《たい》の尾頭付きでね」

房吉とおりんが、賑やかに応じて笑った。

「……分かりました。ですが彦兵衛殿、忍びは邪魔者を情け容赦なく殺します。くれぐれも気をつけて下さい」

左近は、彦兵衛たちの覚悟に念を押した。

水野出羽守の警固は、土方縫殿助が襲われて以来、一段と厳しくなった。外桜田の江戸上屋敷の警備は無論、廓内を登城する僅かな道のりでも、家来の数を増やし万全を期した。いうまでもなく、弥平たち伊賀忍びの密かな警固も続いていた。

付け入る隙はない……。

陽炎は、苛立ちながらも隙を探し、できるのを待った。

仁左衛門は月山の金剛を倒し、伊賀忍びの名を守る。

左近はそう読み、仁左衛門の動きを探った。

夜、大胆にも仁左衛門は、忍び姿に身を固めて巣鴨の白河藩中屋敷の周辺に忍んだ。時が過ぎ、中屋敷から二人の行商人が出てきた。

仁左衛門は二人に手裏剣を投げつけた。行商人たちは、咄嗟に飛んで躱した。

出羽忍びだ。

そう分かった瞬間、夜空を飛んだ仁左衛門が、二人の行商人の喉を鋼の手甲の剣でかき切った。血煙が、夜目にも鮮やかに噴きあがった。行商人姿の二人の出羽忍びが、茫然とした面持で崩れ落ちた。その時、すでに仁左衛門は闇に姿を消していた。

出羽忍びを殺す。それは、仁左衛門の月山の金剛への挑戦状なのだ。

左近は見守った。

仁左衛門は、金剛配下の出羽忍びたちを襲い、次々と殺した。月山の金剛が、怒り狂って現れるのを待ち、出羽忍びを殺し続けた。

月山の金剛は、激怒していた。

「仁左衛門が、お主を呼んでいるのだ」

「幻斎殿……」

「煮え湯を飲ませた月山の金剛を倒す。仁左衛門が、伊賀忍びの頭領としての面目を保つには、それしかない」

「小賢《こざか》しい真似を……」

「いずれにしろ金剛、これ以上、配下の忍びの者共を殺されては、羽黒の仏殿も黙ってはおらぬ……」

秩父忍びのお館である幻斎は、金剛に厳しい眼差しを向けた。

「幻斎殿に言われるまでもない。仏さまの恐ろしさは、嫌というほど承知している」

仁左衛門を斬り棄て、伊賀忍びを叩き潰してくれる……。

金剛は満面に闘志を浮かべ、いきり立った。

仁左衛門が金剛に討たれれば、陽炎の水野出羽守暗殺は容易になる。

たとえ、逆になったとしても……。

今のところ、幻斎の狙いは外れてはいない。大介、いや日暮左近も目論見《もくろみ》通りに動いている。

秩父幻斎は、己の密かな企てに秩父忍びの未来を賭けていた。


夜、月山の金剛は、顔をさらして白河藩中屋敷を出た。

金剛は生暖かい夜風を受けて、板橋に向かって進み、途中にある茶屋の前で立ち止まり、振り返った。

暗い夜道に人影が浮かんだ。伊賀忍びの頭領、服部仁左衛門だった。

金剛は、仁左衛門に嘲笑を投げ掛け、角を右に曲がって王子権現に向かった。

仁左衛門は、燃え上がる闘志を懸命に抑えて続いた。

最早、仁左衛門と金剛は、小細工を弄して駆け引きをするつもりはない。己の身体と技を使って闘うことだけを決意していた。

金剛は、板橋弁財天窟傍の音無川に架かる橋を渡り、不動の滝の前で歩みを止めた。

仁左衛門は、不動の滝の水飛沫と轟音に包まれて立ち止まった。

左近は不動の滝の上に潜み、対峙する二人を見守った。

仁左衛門と金剛は、互いに相手の呼吸をはかっていた。二人の闘いが、手裏剣や忍び刀で決着がつく筈はない。それぞれが、最も得意とする得物《えもの》と技で闘うしかないのだ。

静かな対峙が続き、二人はいきなり夜空に飛んだ。

金剛の千鳥鉄の分銅が伸び、仁左衛門の鋼の手甲で守られた拳が唸った。甲高い金属音が、落ちる滝の轟音の中に響いた。仁左衛門と金剛は、交錯して互いの場を入れ代わった。そう思った瞬間、仁左衛門の身体が、激しい勢いで引き戻され、体勢を崩して落下した。

金剛の千鳥鉄の分銅が、仁左衛門の鋼の手甲で守られた腕に絡みついていたのだ。

仁左衛門は無様に転げ落ちた。

金剛が、千鳥鉄の鋭く研ぎ澄まされた鐺《こじり》を翳《かざ》し、大きな影となって仁左衛門を覆った。

誘いだ……。

左近は直感した。

金剛は、倒れている仁左衛門に千鳥鉄を鋭く打ちおろした。刹那、仁左衛門は首を振って千鳥鉄を躱した。千鳥鉄の鋭い鐺が、仁左衛門の顔を僅かに斬り裂き、大地に深々と突き刺さった。

仁左衛門の身体が、大きく反転して金剛の背を転がり越えた。鋼の手甲に守られた腕に絡みついた鎖が、大地に突き刺さった千鳥鉄を起点にして反対側に振られ、音を立てて金剛の首を押さえた。

金剛は狼狽した。

仁左衛門はその隙を突き、鎖を一気に金剛の首に巻いた。金剛は辛うじて首と鎖の間に手を入れた。仁左衛門は、構わず鎖を締めた。

己の武器で、首を締めあげられる。

金剛は屈辱に塗《まみ》れながらも、首と鎖の間に入れた手に力をこめて、何とか逃れようとした。だが、仁左衛門の攻撃には、躊躇《ためら》いも容赦もなかった。満面に憤怒と力を込め、鎖を締めた。

鎖の締まる音が、軋《きし》みのように鳴った。

金剛の首を守る手が、鎖に締め上げられて青く変色し、その顔は渇いて小刻みに震えた。次の瞬間、金剛の手が短い音を鳴らして反り返った。骨が砕けたのだ。

激痛に金剛の顔が歪んだ。

同時に仁左衛門が、鋼の手甲で守られた拳を振るった。小柄ほどの剣が、一瞬のきらめきを放って金剛の両眼を斬り裂いた。

血が霧のように散った。

月山の金剛は、両眼から溢れる血に顔を染め、身を棄てて忍び刀を抜き放った。

仁左衛門は飛び退いた。

満面に汗を滲ませ、肩で息をつき……。

死を覚悟した金剛は、獣のような咆哮《ほうこう》をあげ、何とか仁左衛門を道連れにしようと、忍び刀を振り廻した。

「何処だ、何処にいる仁左衛門、勝負はまだ着いてはおらぬ」

「未練だ、月山の金剛……」

残忍に笑った仁左衛門が、忍び刀を鋭く閃かせた。金剛の忍び刀を握る右腕が、夜空に斬り飛ばされた。金剛はくるっと廻り、人形のように横転した。

「こ、殺せ……」

金剛は血にまみれ、残った左腕を頼りに必死に立ち上がろうとした。

仁左衛門が、再び忍び刀を閃かせた。

残った左腕が斬り飛ばされ、金剛は大地に激しく顔面を叩きつけた。

残忍な笑い声が洩れた。

仁左衛門が、さも楽しそうに笑っていた。

両腕を斬られて失った金剛が、血と泥にまみれ、苦しげに呻きながら芋虫のように這いずっていた。それは、逃げられる可能性があってのことではなく、最早命があるのを確認するだけの行為に過ぎなかった。

勝った……。

仁左衛門は残忍に笑い、這いずり廻る金剛の身体を一寸刻み五分刻みに責め、執拗に玩んだ。

無残だ……。

たとえ憎い敵であろうとも、人は人として死なせてやらなければならない。

左近は微かに手を動かした。

光が瞬いた。

仁左衛門が、咄嗟に飛び退いた。
瞬いた光が、苦しくもがく金剛の喉元に吸い込まれた。
畳針のような手裏剣が、金剛の喉に深々と刺さり、止《とど》めを刺した。
月山の金剛は、止めを感謝する笑みを辛うじて浮かべ、絶命した。
仁左衛門は不動の滝を見上げた。だが、すでに左近は姿を消していた。
秩父忍び、左近が見ていた……。
仁左衛門は、気付かなかった己の不覚に立ち尽くした。
勝利の喜びが、急速に冷めていった。
落下する不動の滝の水飛沫が、月明かりに輝いて霧のように舞った。

第五章　白い記憶

一

　隅田川の川開きが近づいた。

　川開き後の三カ月間、隅田川での納涼が許され、両国橋などは花火見物の客で賑わう。江戸の町は、訪れる夏を心待ちにしていた。

　月山の金剛が葬られたことにより、出羽忍びの総帥羽黒の仏が乗り出してくる。

　左近は待った。

　羽黒の仏は、左近が記憶を失う前、陽炎の兄と松平定信暗殺に赴《おもむ》いた時、見事に翻弄撃退した忍びだと思われる。想像を絶する手練の忍びの筈だ。果たして勝てるかどうかは、分からない。だが、左近は恐怖を感じてはいなかった。

それは、どうして自分が、幼馴染みである陽炎の兄を斬ったのか、知りたいからだ。

羽黒の仏は、その理由を知っている。

左近が失った記憶の断片を、知っている可能性があるのだ。

左近はそう思っていた。

羽黒の仏は、恐怖の対象である以前に真相を知る者なのだ。

真相を知りたいと願う気持ちは、恐怖に勝っていた。

羽黒の仏は必ず現れる。


陽炎は、水野出羽守暗殺の隙を窺いながら、様々な情報を集めていた。

沼津藩上屋敷の警戒は厳しく、水野出羽守は伊賀忍びに守られ、付け入る隙はなかった。

命を取り止めた土方縫殿助は、己の身に起きた無残な出来事に叩きのめされ、未だに立ち直れずにいた。

懐刀を奪われた出羽守は、大名然とした端正な顔を歪めて恐れおののき、恰幅の良い身体を縮めていた。

蓬萊堂仁左衛門は、楽翁松平定信暗殺と出羽守を狙う秩父忍びの始末に苦慮していた。

月山の金剛は葬ったが、出羽忍びを束ねる羽黒の仏が、楽翁の傍には控えている筈だ。そして、水野出羽守を狙う陽炎には、日暮左近がついている。いずれも、尋常な勝負で倒すには、手強い相手だ。

仕掛けるしかない……。

仁左衛門は、策を巡らした。


荷物を背負った行商人が、沼津藩上屋敷の裏門から出ていった。

監視をしていた陽炎が、顔色を変えた。

行商人は、薬師の久蔵だった。

裏切り者……。

久蔵の唐突な出現は、陽炎から忍びとしての慎重さを奪った。

陽炎は不審を抱くより、裏切り者への怒りを優先し、尾行を開始していた。

荷物を背負った久蔵は、山下御門から日本橋通りに出て、人込みを前屈みの姿勢で足早にいく。

何処に行くのだ……。

陽炎は追跡した。

船宿『嶋や』の船頭平助の漕ぐ猪牙舟は、おりんと房吉を乗せて日本橋を潜った。

日本橋を見上げていたおりんが、驚いたような小さな声をあげた。

「どうしたんですかい」

「房吉さん、あの人、あの女の人……」

おりんは、日本橋を渡っていく商家の女中を指差した。女中は使いにいくのか、風呂敷包みを抱えて日本橋を渡っていく。

「風呂敷包みを抱えた女ですかい……」

「ええ、あの人、陽炎よ……」

「陽炎……」

女中は陽炎だった。

「間違いありませんかい」

「当たり前じゃない。私、あの人に殺されそうになったのよ」

おりんは、由井正雪の軍資金事件の時、左近と共に陽炎に焼き殺されそうになっていたが、房吉が見るのは初めてだった。

誰かを尾行している。

房吉の直感が告げた。

「平助さん……」

平助は、房吉の言葉を最後まで聞かず、猪牙舟を巧みに操り、船着き場に舳先を向けた。

陽炎は、久蔵の背を見据えて尾行した。

日本橋から房吉が、追い始めたのにも気付かなかった。怒りに満ちた尾行は、陽炎の忍びとしての五感を狂わせていた。

房吉は充分に距離をとって尾行した。

相手は忍びだ……。

陽炎が追っている相手は、荷物を背負った中年の行商人だ。

行商人が何者かは分からないが、恐らく仁左衛門の息の掛かっている者に違いない。

房吉は慎重に追った。

久蔵は、昌平橋を渡って神田川沿いに進み、江戸川橋に向かった。
雑司ケ谷鬼子母神裏の百姓家に行く……。
陽炎は、久蔵の行き先を読んだ。
尾行は続き、日が暮れ始めた。
やがて、鬼子母神の大公孫樹《いちょう》が、夕日に照らされて浮かび上がった。
思った通りだ……。
陽炎は漸く足を止め、鬼子母神の境内を通り抜けていく久蔵を見送った。
参拝客を装って見届けた房吉は、左近の言葉を思い出していた。
鬼子母神裏の雑木林の中の百姓家にいた秩父忍びが裏切った……。
陽炎が追ってきた中年の行商人こそが、秩父忍びを裏切った薬師の久蔵なのだ。
房吉は、陽炎のやろうとしていることに気が付いた。

日が暮れた。
鬼子母神裏の雑木林には、梟《ふくろう》の鳴き声だけが響いていた。
百姓家からは、灯された明かりと囲炉裏《いろり》の煙が洩れていた。
忍び装束に身を固めた陽炎は、雑木林に潜んで襲う機会を窺った。

久蔵を襲い、問いただすことは唯《ただ》ひとつ。

裏切った理由だ……。

陽炎は、燃えあがる闘志を懸命に抑えた。

房吉は木立の陰に潜み、息を殺していた。

雑木林には、生暖かい夜気が漂っているだけで、陽炎の姿は見えない。だが、何処かに潜み、闘いに備えているのに違いない。

房吉は耳を澄まし、眼を見張り、必死に様子を窺った。額や掌に汗が滲み、背筋が固く強張ってくる。

忍び同士の闘いだ。もうすでに始まっているのかも知れない……。

房吉は、闇に眼を凝らした。


百姓家の明かりが消えた。

今だ……。

陽炎は百姓家に走り、戸口に張りついて中の様子を窺った。次の瞬間、闇から火の灯された打矢が次々と飛来し、陽炎の周囲に突き立った。

狼狽する陽炎の顔が、炎に照らされて浮かびあがった。

罠……。

伊賀忍びの姿が、雑木林の暗がりに浮かびあがった。同時に、陽炎の背に苦無《くない》が突きつけられた。

囲まれた……。

陽炎は反射的に夜空に飛んだ。伊賀忍びが、百姓家の屋根から現れ、鋭い蹴りを放って迎え撃った。蹴りは陽炎の肩を襲った。陽炎は体勢を崩しながら、辛うじて着地した。同時に伊賀忍びたちが、陽炎を包囲した。

陽炎は、なす術《すべ》もなく立ち竦んだ。

薄笑いを浮かべた久蔵が、伊賀忍びの中から現れた。

「久蔵……」

陽炎の声は、怒りと悔しさに震えた。

久蔵の行動は、陽炎の監視を見抜き、誘き出すための罠だったのだ。

「陽炎、抗うは虚しいものと、いち早く悟るとは流石《さすが》だな……」

「黙れ久蔵、裏切り者の皮肉など、聞きとうはない。殺せ、早々に殺せ」

「そうはいかぬ……」

久蔵は嘲笑を浮かべて、陽炎の怒りを受け流し、伊賀忍びに合図をした。伊賀忍びは素早く陽炎を抑え、武器を取り上げて縄を掛けた。

「おのれ、久蔵。殺せ、さっさと殺せ」

陽炎は、舌を嚙んで自害しようとした。だが、伊賀忍びたちは、自害を許さなかった。

久蔵は振り向き、雑木林の奥の暗がりを見つめ、嬉しげな笑みを投げ掛けた。

視線の先の暗がりには、木立の陰に潜む房吉がいた。

房吉の背中に冷汗が湧いた。

気が付いていやがる……。

冷汗が、ゆっくりと背筋を流れ落ちた。

そう思った瞬間、房吉の顔の前の木の幹に打矢が突き刺さり、ぶるっと胴震いした。

房吉は思わず声をあげて仰け反った。

胴震いしている打矢には、結び文がついていた。

「日暮左近に伝えろ。陽炎の命を助けたければ、結び文の通りにしろとな……」

久蔵は陽炎を囮《おとり》にして、左近に何かをさせるつもりなのだ。それは久蔵ではなく、仁左衛門の企てなのかも知れない。

陽炎は焦った。

潜んでいる男が、左近と親しい者なら、おそらく公事宿巴屋の下代の房吉だ。

「無用だ」

陽炎が必死に叫んだ。

「黙れ、陽炎」

久蔵の鋭い当て身が、陽炎の鳩尾《みぞおち》に叩き込まれた。伊賀忍びたちが、崩れ落ちる陽炎の身体を左右から支えた。

久蔵の声が、陽炎の遠ざかる意識の中に響いた。

「左近に伝えるのが無用ならば、あの男の命も無用になると心得ろ……」

伝達者としての役目がなくなれば、房吉を生かしておく必要はない。

房吉を死なせてはならぬ……。

陽炎は意識を失った。

いずれにしろ房吉は、久蔵の言うことを聞くしかない。

房吉は、打矢に結ばれた結び文を取り、ゆっくりと後退し、鬼子母神裏の雑木林を逃げ出した。

六曜星梅鉢《ほしうめばち》の紋所と赤い蜘蛛。

鉄砲洲波除稲荷裏の巴屋の寮で、左近は房吉から結び文を受け取った。

結び文には、六曜星梅鉢の紋所と赤い蜘蛛が描かれていた。

六曜星梅鉢の紋所の者を殺せ……。

秩父忍びの暗殺命令だった。久蔵が真似て描いたものであろう。

「六曜星梅鉢の紋所は、白河藩松平家の紋所ですぜ」

房吉は武鑑を調べて、左近に告げた。

「楽翁松平定信……」

「それに赤い蜘蛛。つまり、松平定信を暗殺しろってことですかい」

左近は頷いた。

「冗談じゃあねぇや。楽翁暗殺を左近さんに押しつけるなんて、奴ら、血迷ったんじゃありませんかい」

「やらなければ、陽炎が殺される……」

静かな声には、厳しさが込められていた。

「……左近さん」

「陽炎を死なせたくありません……」

「じゃあ……」

「やるしかない……」

「ですが、楽翁は水野出羽守の敵ですぜ」

「だが、私を雇っているわけではない」

「ですが……」

「房吉さん、私には楽翁より、陽炎の命の方が重いのです」

怒りも気負いもなかった。

左近は、そうなることが分かっていたかのように淡々としていた。

「分かりました。で、あっしは何を……」

「このこと、彦兵衛殿に伝えて下さい」

「あとは……」

「それだけです」

「左近さん……」

左近は返事をせず、微かに響いてくる江戸湊の潮騒を聞いた。

暗殺は命懸けの仕事だ。公事訴訟の吟味とは違う。まして、楽翁松平定信の傍には、かつて左近たちの暗殺を阻止した出羽忍びの総帥羽黒の仏がいるかもしれないのだ。そこは、房吉にとって死地でしかない。

自分一人で、楽翁の居場所を突き止め、討ち果たす……。

左近は結び文を握り締めた。

赤い蜘蛛が醜く歪んだ。


陽炎は眠り続けた。

石牢の床の冷たさも、陽炎の眠りの邪魔はできなかった。流れ込む微かな煙が、陽炎を眠り続けさせていた。

薬師の久蔵が、調合した練香のような眠り薬を焚いた煙なのだ。

陽炎を生かしておく限り、左近を思いのまま操ることが出来る……。

左近と陽炎の過去を知る久蔵は、そう仁左衛門に進言した。

「……そうか、左近と陽炎は、恋仲だったのか……」

「はい、これからも左近を使うなら、陽炎を生かし、眠らせておくべきでしょう」

「面白い……」

柘植の陣内と相良平蔵を失った今、配下の手練は弥平一人だ。左近を配下として操ることが出来れば、仁左衛門の率いる伊賀忍びは今以上に高く売れる。

仁左衛門は、陽炎を久蔵に預けた。

奥州白河藩十一万石の江戸屋敷は、巣鴨の中屋敷の他に北八丁堀の上屋敷、築地の下屋敷がある。

北八丁堀の上屋敷は、隠居した定信から藩主の座を継いだ定永《さだなが》が暮らす公館である。羽黒の仏に守られた楽翁が、出羽忍びを使って策を巡らすのには不適当だ。

残るところは、築地の下屋敷だ。

鉄砲洲波除稲荷裏の寮を出た左近は、左手に石川島《いしかわ》や佃島《つくだ》を望みながら、江戸湊沿いの道を南に向かった。

石川島には、火付盗賊改《あらためやく》役の長谷川平蔵《はせがわへいぞう》が作った人足寄場《にんそくよせば》がある。人足寄場とは、微罪の囚人を収容し、手に職を付けさせて更生させる場所だ。

初夏の海風が、心地好く吹き抜ける。

本湊町《ほんみなとちょう》を過ぎた左近は、佃島に行く渡し船の船着き場がある船松町《ふなまつちょう》、十軒町《じっけんちょう》、明石町《あかしちょう》を抜けて、外れにある明石橋を渡った。そして、海沿いの道を進み、御三卿一橋《ひとつばし》家の下屋敷の前に出た。一橋家下屋敷の隣が、楽翁松平定信がいると思われる白河藩下屋敷だった。下屋敷の隣には、御三家尾張《おわり》藩の蔵屋敷があり、海を挟んで将軍家別荘の浜御殿がある。

白河藩下屋敷は、藩士たちの出入りもなく、潮騒に包まれて静まり返っていた。

左近は下屋敷を窺った。

伽羅《きゃら》の香りがした。

伽羅香……。

香りは、下屋敷から漂っていた。

何故だ……。

左近は、屋敷の外にまで漂う伽羅の香りに不審を抱いた。いかに香を好むとはいえ、屋敷の外にまで漂うほど大量に焚くのは、尋常ではない。いや、ひょっとしたら伽羅は、外に向けられて焚かれているのかもしれない。

だとしたら何故だ……。

左近は理由を探した。

香は、嫌な匂いを消すためにも焚かれる。

他の匂いを隠すための香り……。

左近は気付いた。

下屋敷には、外の者に知られてはならない匂いがあり、伽羅香はそれを覆い隠すために焚かれているのだ。

隠さなければならない匂いがある……。

そしてその匂いは、楽翁松平定信に関わりがあるのだ。

楽翁はここにいる……。

左近は確信した。

「だからって、左近さん一人にやらせておく訳にはいかないでしょう」

おりんの頰がふくらんだ。

「ですが、相手は情け無用の忍びの者。あっしらの手に負える奴らじゃありませんぜ」

「でも……ねぇ、叔父さん、どうするのよ」

「どうするって、おりん。房吉の言う通りだ。それにな、私たちが下手に動けば、左近さんの足手まといになるだけだ」

「そんなの言い訳、不人情です」

おりんは、足音を鳴らして台所にたった。

「……機嫌、悪いですね」

「おりんの奴、左近さんが陽炎を助けるのが、気にいらないいんだよ……」

「妬《や》いてんですかね」

「ま、そんなところだろうな……で、どうする」

「どうするって……」

「ふふん。房吉、お前、黙って引っ込むつもり、ないのだろう」

「旦那……」

「何が出来るかだな……」

「ええ、それなんですよね」

「房吉、北の御番所の青山《あおやま》久蔵さまって与力、知っているだろう」

「あの、剃刀《かみそり》って噂の……」

「ああ、その青山さまによると、土方縫殿助が逸物《いちもつ》を斬られたこと、御公儀の中で噂になっているそうだよ」

「じゃあ、水野出羽守と楽翁のことも……」

「うむ……」

「噂の出所……まさか……」

彦兵衛が微かに笑った。

「旦那……」

「青山さま、面白がってね。狐と狸、共倒れになりゃあいいと……とてもお武家とは思えないお方だよ」

「で、どうなりました」

「水野も楽翁も、しばらくは大人しくしているしかあるまい……」

「じゃあその噂、江戸の町にも流しますか」

「ああ、噂が広まれば、町の衆の眼は、水野と松平に集まる。そうすれば、下手に動けなくなる……」

「分かりました。そいつでいきましょう」

房吉は嬉しげに立ち上がった。

「それから房吉……」

「はい……」

「小田原にいるお絹さん、そろそろ江戸に呼んだらどうだい……」

「旦那……」

「おッ母《か》さんの病も、大分いいようだ……」

彦兵衛は房吉の身を心配し、密かに小田原にいるお絹母娘の様子を調べたのだ。

「旦那……ご心配を掛けて申し訳ありません。仰る通りにします」

房吉は、彦兵衛に深々と頭を下げて出ていった。彦兵衛は黙って見送った。その沈黙には、厳しさが満ち溢れていた。


夜の闇に包まれた白河藩下屋敷には、出羽忍びが結界を張っている気配は窺えなかった。

結界の気配が窺えないからといって、出羽忍びがいないとは限らない。気配を窺わせないだけ、忍びとしての恐ろしさがある。

左近は己の気配を消した。

伽羅の香りが、微かに漂っている。

覆い隠している匂いの正体は、何か……。

左近は侵入を開始した。

櫓門の上に忍んだ左近は、下屋敷内を透かし見た。

千坪程の屋敷の大屋根の甍《いらか》は、月明かりに青白く輝いていた。この大屋根の下で楽翁が、出羽忍びの総帥羽黒の仏に守られている。

左近は大屋根に飛び、仄かに漂う伽羅の香りを頼りに奥へと進んだ。

危険だ……。

失った記憶が囁いた。

いや、それは失った記憶の囁きではなかった。左近が過去に味わった経験の囁きだった。

左近は思い出した。失った過去の断片を思いだしていた。

それは昔、陽炎の兄の結城左近と楽翁暗殺を決行した時に味わったものだった。

現れる……。

左近は油断なく辺りを窺った。

幾つかの黒い人影が、月明かりの中に浮かんだ。

出羽忍び……。

殺気も気配もなく、左近の周囲に静かに現れた。

仕掛けるな……。

左近は、そのまま進んだ。

出羽忍びたちも、左近との距離を保ちながら一斉に動いた。

かつて左近は、出羽忍びが現れると同時に仕掛け、ことごとく跳ね返され、翻弄されたのだ。

今夜は、伽羅の香りが隠しているものを突き止めればいい……。

左近は、伽羅の香りに引かれるように走った。出羽忍びたちは、左近の行く手を遮ろうと、包囲網を一斉に縮めた。忍び刀が煌めいた。

斬る……。

左近は、正面の出羽忍びに無明刀を斬り放った。

出羽忍びは、大きく飛び退いて躱した。他の出羽忍びたちも、同じように揃って飛び退いた。空間が出来た。左近は再び走った。出羽忍びたちが、包囲したまま追った。

伽羅の香りが、強くなった。

ここだ……。

出羽忍びたちが、猛然と包囲を縮めた。

左近は屋根を蹴り、夜空に高々と飛び上がった。

左近は脱出する。

出羽忍びたちは、逃がすまいと素早く十字手裏剣を投げた。無明刀が閃いた。

十字手裏剣が弾け飛んだ。

左近は脱出しなかった。無明刀を振りかざし、大屋根に垂直に落下してきた。

左近の動きを読み違えた出羽忍びたちが、慌てて飛び退き、身構えた。

次の瞬間、左近は無明刀を屋根に突き立て、激しい蹴りを放った。無明刀が屋根瓦を粉々に砕き、左近の猛烈な蹴りが屋根板を割った。

不意を突かれた出羽忍びたちが、慌てて左近に殺到した。だが、すでに左近は、屋根裏に入っていた。

薬草の匂いが、鼻をついた。

左近は気付いた。

伽羅の香りは、薬草の匂いを覆い隠すために焚かれていたのだ。

左近は屋根裏を梁伝いに走った。

十字手裏剣が、捻りをあげて耳元をかすめた。

何故、薬草の匂いを隠す……。

飲んでいる者が誰か知られたくない……。

ならば、それは……。

楽翁松平定信なのだ。

伽羅の香りは、楽翁が飲んでいる薬草の匂い、病を隠すためのものなのだ。

左近は天井板を蹴破り、暗い廊下に降りて庭に飛び出した。
鋭い殺気が、圧倒的な勢いで襲ってきた。
後ろだ……。
過去の経験が叫んだ。
咄嗟に左近は、無明刀を背後に一閃させた。
唸りをあげて飛来した十字手裏剣が、甲高い金属音を鳴らして弾け飛んだ。
左近はちらりと背後を振り返り、邸内の端にある藩士たちの長屋に走った。
見覚えのある人影が、全身から殺気を燃えあがらせて暗闇に浮かんでいた。
羽黒の仏……。
左近は家来たちの住む長屋の屋根に飛び、道を隔てた江戸湊に身を躍らせた。
出羽忍びたちが、追撃しようとした。
「追跡無用……」
暗闇に浮かんでいた人影が言い放った。すでに殺気は、漂わせていなかった。
出羽忍びの総帥・羽黒の仏だった。
「加納大介……」
「今は日暮左近と申す……」

秩父幻斎が現れた。

「幻斎殿、その日暮左近、陽炎の力となり水野出羽守の命を狙っている筈。なのに何故、この下屋敷に現れた……」

「お主に逢いにきたのかもしれぬ……」

「違う。左近には殺気がなかった……」

「殺気……」

「左様、儂は左近にとって倒さなければならぬ相手、殺気を放たぬわけはない……」

「ならば……」

「左近は楽翁さまを狙った……」

「楽翁さまを……」

「おそらく、陽炎の身に異変が起こったのであろう……」

「陽炎の身に異変……」

幻斎は微かに動揺した。

羽黒の仏は、仮面のように表情のない顔を毛筋ほども動かさず、幻斎の動揺を見つめた。

左近は、夜の海を鉄砲洲に向かい、ゆっくりと泳いだ。

初夏の海は、爽やかだった。

爽やかに感じたのは、伽羅香の疑問が解けたからかも知れない。

楽翁松平定信は、重い病にかかっている。七十歳になる老人だ。重い病にかかっていても、何の不思議もない。

病に陥った楽翁は、己の政治を否定して塵のように棄て、先手を打って刺客を放った水野出羽守忠成の暗殺を羽黒の仏に命じた。

水野出羽守忠成を道連れにしてくれる……。

死を覚悟した楽翁が、どす黒く燃やした老いの執念だった。

左近は苦笑した。

権力者たちの妄執の虚しさを笑った。そして、翻弄される自分と陽炎や仁左衛門たち忍びの者を笑った。

苦笑は次第に声になって高まり、夜の海に響き渡っていった。

「楽翁、病なんですかい」

「ええ、間違いありません」

「ま、七十歳にもなる爺いだ。病でもおかしくありませんが、命に関わる病なんですかね」

「それを、房吉さんに確かめて貰いたいのです」

「そいつは構いませんが、どうやって……」

「如何《いか》に病を隠したとしても、医者に見せないわけにはいきません」

「下屋敷にくる医者から突き止めようってわけですか」

「ええ、調べて貰えますか」

「仰るまでもありませんぜ」

楽翁松平定信と老中水野出羽守の確執の噂は、すでにかなり広めたし、今もかつての放蕩仲間が、面白おかしく言い触らしている。

「今からでも、下屋敷を見張ってやりますよ。で、左近さんはどうします」

「蓬萊堂仁左衛門に逢おうと思います」

「仁左衛門の野郎にですかい」

「ええ、楽翁は暗殺するまでもないと伝えて、陽炎を返して貰います」

「左近さん、そいつは拙《まず》い」

「ええ、仁左衛門のことです。楽翁を殺さなくても済むと分かりゃあ、今度は陽炎を人質にして、左近さんを殺しに掛かりますぜ」

「拙い……」

「なるほど……」

おそらく、房吉の言う通りだろう。しかし、その時はその時だ。やってみる価値はある。

左近は決めた。

築地の白河藩下屋敷の前を南に進むと、突き当たりは海だ。海は、松平安芸守《あきのかみ》の蔵屋敷と尾張藩蔵屋敷、浜御殿に三方を囲まれている。

筵《むしろ》を積んだ猪牙舟が、いつの間にか尾張藩蔵屋敷の石垣に張りつくように停まっていた。

猪牙舟に積まれた筵の下には、房吉が潜んでいた。房吉は、水と食べ物を用意して筵の下の船底に潜り込み、白河藩下屋敷の見張りを始めた。

左近が言った伽羅の香りは、房吉には感じられなかった。風の向きのせいなのか、それとも左近の忍びとしての鋭い嗅覚が捕らえたものなのか。

冷たい船底の心地好さは、時間と共に苦痛に変わっていった。だが、出羽忍びの警戒を考えれば、張り込む場所は海しかない。房吉は、苦痛に耐えるしかなかった。

白河藩下屋敷の人の出入りは少ない。時々、藩士や奉公人たちが行き交い、出入りの商人が来るぐらいだ。

待つしかない……。

房吉は来る筈の医者を待った。ひたすら待ち続けた。

中間を従えた腰元が、築地西本願寺《にしほんがんじ》の方から掘割に架かる小橋を渡ってきた。

腰元は、御三卿の一橋家の下屋敷の前を通り過ぎた。隣が白河藩の下屋敷だ。

白河藩の腰元……。

房吉は筵の下から見守った。

お供の中間が、白河藩下屋敷の潜り戸を叩き、門内に声を掛けた。

腰元は潜り戸が開くのを待つ間、辺りを見渡した。

房吉の心の臓が、いきなり突きあげられた。

腰元の顔は、お袖《の》に良く似ていたのだ。いや、瓜二つと言っても良い。

房吉は筵をはね退けて立ち上がり、その名を呼びたい衝動に駆られた。だが、腰元と中間は、遮るように開いた潜り戸の中に消えた。

腰元は、お袖にそっくりの別人なのか、それともお袖自身なのか……。

房吉に分かるはずはない。

お袖……。

房吉は船底の冷たさも忘れ、筵の下で茫然と呟くしかなかった。

猪牙舟が、打ち寄せる波に不安げに揺れた。

二

薬湯の匂いは、寝間に重く澱《よど》み、沈んでいた。

楽翁こと松平定信の病状は、予断を許さなかった。深く刻まれた皺、落ち窪んだ眼。そして、真一文字に結ばれた薄い唇は、強い意志を現していると共に己の不運を嘆いているかのようにも見えた。

八代将軍吉宗の孫として生まれ、英才と呼ばれた己が、臣下の大名家の養子にされ、やがて訪れた将軍就任の機会を邪魔された不運。そして、くすぶる不満と情熱を筆頭老中の職にぶつけ、様々な政治改革を断行した。だが、それすらも志半ばで無残に崩壊し、水野出羽守によって完璧に葬り去られた。

憎むべきは水野出羽守……。

水野出羽守の腹心土方縫殿助は、楽翁の憎悪にいち早く気付き、刺客を送ってきた。楽翁は、出羽忍びの羽黒の仏に刺客を撃退させた。水野出羽守と土方縫殿助への憎悪は、否応なく募った。だが、すでに楽翁は病に侵されていた。

不運の果ての病……。

楽翁は己の寿命を悟り、最後の意地と誇りを見せようとしていた。

水野出羽と土方を殺せ……。

それが、将軍吉宗の孫として生まれた英才の死の間際の志であり、願いだった。

楽翁自身、それが如何に虚しく淋しいものか、良く分かっていた。

「御隠居さま、お薬湯にございます……」

薬湯を持ってきた腰元が、眼を閉じている楽翁に声を掛けた。

「仏……」

楽翁の声は、嗄《しやが》れ、掠れていた。

「これに……」

羽黒の仏が、次の間から答えた。

「薬湯、まだ飲まねばならぬのか……」

「はっ、申し訳ございませぬ……」

己の命は、水野出羽守を葬るまで、出羽より先に滅びとうはない。楽翁はその一念で病と闘い、楽翁は病を隠した。水野出羽守を喜ばせたくない。楽翁はその一念で病と闘い、飲みたくもない薬湯を飲み続けていた。

「……お袖」

楽翁は、薄い唇を僅かに開けた。

お袖と呼ばれた腰元が、薬湯を口に含み、口うつしに楽翁に飲ませた。楽翁の喉が、僅かに上下した。

腰元はお袖だった。

身投げをしたお袖は、舟で通り掛かった武士に救いあげられた。その武士こそが、羽黒の仏だった。

お袖は、淋しさと辛さに耐え切れず、房吉の優しさに縋り、肌を重ねた。だが、落ち着くにつれて後悔が募った。房吉に重荷を背負わせた己の弱さを憎み、苦しんだ。そして、何も彼も棄てた。

己の命すらも……。

羽黒の仏は、命を棄てたお袖に腰元としての行儀作法を仕込み、楽翁の看病をさせた。

所詮、拾われた命……。

お袖は、楽翁看病の腰元になり、白河藩下屋敷で暮らすようになった。


「……仏、儂の願い、一刻も早く聞き届けるのじゃ……」

楽翁の嗄れた声が、途切れとぎれに洩れた。

「心得ましてございます」

羽黒の仏は平伏し、次の間の闇に音もなく消えた。

「お袖……」

楽翁は、痩せ細った手を布団から出した。

お袖は、その手を取り、優しく撫ぜ摩《さす》った。

楽翁は吐息を洩らし、お袖に手を預けたまま深い眠りに陥っていった。

沼津藩上屋敷には、伊賀忍びの結界が張られていた。

暗闇に忍んでいた左近は、気配を露《あら》わにして鋭い殺気を放った。

途端に結界が動き、左近の周囲の闇に伊賀忍びが潜んだ。

「仁左衛門に用がある……」

闇が、左近の声に微かに揺れた。

「用だと……」

「そうだ……」

「何の用だ……」

「楽翁のことだ……」

左近は踵《きびす》を返した。

伊賀忍びの潜んでいる闇が、左近と共に一斉に動いた。左近は、溜池の埋め立て地に作られた馬場に佇んだ。

溜池は、江戸初期までは溜池上水と呼ばれ、水は飲料水として用いられていた。だが、玉川上水の完成と共に役目を終え、埋め立てが始められていた。

馬場は、闇の底に沈んでいた。

左近は伊賀忍びの殺気に包まれ、仁左衛門の来るのを待った。

「楽翁を始末したか……」

闇の中から、仁左衛門が囁いてきた。

「いいや……」

「ならば、何用だ……」

「陽炎を返して貰おう……」

「楽翁を殺してからだ……」

「殺すまでもない……」

「何故だ……」

「楽翁は、充分に歳を重ねた……」

「……病か……」

左近は沈黙した。

沈黙は肯定だ。

仁左衛門はそう受け取った。

「明日をも知れぬ命か……」

「おそらく……」

「これまでだ……」

闇が微かに揺れた。仁左衛門が帰ろうとしたのだ。

「仁左衛門……」

微かな揺れが止まった。

「陽炎を返すのは、楽翁が死んだ時だ……」

「いいや、その前に返して貰う……」

左近は夜空に飛んだ。

伊賀忍びたちが、追って飛ぼうとした。

「無用……」

仁左衛門が厳しく制止した。

左近は消えた。

「このこと、薬師の久蔵に伝えろ……」

数人の伊賀忍びが、馬場から走り去った。

「結界に戻れ……」

仁左衛門の気配が消えた。残った伊賀忍びたちが続いた。

馬場を出た伊賀忍びたちは、築地川に架かる土橋を越えて夜の町を北に疾走した。

黒い人影が、土橋の下から現れて追った。

左近だった。

伊賀忍びたちの行き先は、北八丁堀の中屋敷か浜町の下屋敷。或いは献残屋の蓬萊堂か鬼子母神裏の雑木林の中の百姓家だ。

陽炎は、その何処かに監禁されている……。

そう読んだ左近は、仁左衛門の出方を誘った。

四ケ所は、いずれも上屋敷や溜池の北にある。何処に向かう場合でも、必ず土橋一帯を通らなければならない。

左近は土橋に潜み、網を張って待ち受けていたのだ。

伊賀忍びたちは、夜の闇を疾走した。

京橋を渡り、日本橋通りに入った。間もなく四ケ所のなかで最も近い蓬萊堂のある日本橋数寄屋町だ。

左近は追った。

伊賀忍びたちが消えた。

追ってきた左近が、素早く物陰に潜み、消えた家並を透かして見た。

行く手に献残屋蓬莱堂があった。伊賀忍びたちは、蓬莱堂に入ったのだ。

陽炎は蓬莱堂にいる……。

左近は、気配を消して蓬莱堂の屋根に飛び、辺りの様子を窺った。

蓬莱堂は店舗に母家《おもや》が続く、ごく普通の商家の造りになっており、庭に二つの土蔵が並んでいた。

伊賀忍びたちは、二つの土蔵の周囲に結界を張っていた。

どちらかの土蔵……。

左近は闇に溶け込み、陽炎が監禁されている土蔵を見定めようとした。


「左近が現れたか……」

薬師の久蔵は、薬を調合していた手を止めた。報せた伊賀忍びが頷いた。

加納大介、いや日暮左近は、すでに蓬莱堂近くに潜んでいる。

仁左衛門に楽翁の病を告げ、配下の忍びを蓬莱堂に走らせたのは、全て左近の仕組んだことなのだ。

それが、久蔵の読みだった。

大介は日暮左近となり、人が変わった……。

加納大介なら手の込んだ真似をせず、伊賀忍びの一人を捕らえ、拷問に掛けて陽炎の監禁場所を吐かせたはずだ。だが、日暮左近は違った。物事を冷静にとらえて、巧妙に立ち廻り、闘いには迷いも躊躇いもなく、果断に敵を斬る。

久蔵は、由井正雪の軍資金事件を追っていた左近を思い出した。

大介と左近は、別人なのだ……。

記憶を失ったことが、加納大介を日暮左近に変えた。

「分かった。外を頼む……」

伊賀忍びは頷き、土蔵から出ていった。

そろそろ、死ぬべきときがきたようだ……。

久蔵は己の立場に苦笑し、背後の壁を押した。壁が軋みながら廻った。甘くけだるい香りが、溢れでた。壁の奥には、暗い部屋があり、香炉から微かに立ちのぼる白い煙が、揺れながら壁の中に流れ込んでいた。

久蔵は部屋に入り、白い煙が流れ込む壁を開いた。壁の内側には、板のように削った岩が張りつけられていた。

岩壁で囲まれた奥の部屋には、陽炎が眠っていた。

久蔵は粉薬を取り出し、眠っている陽炎に飲ませた。薬を飲んだ陽炎が、苦しげに呻いた。久蔵は陽炎の頬を叩いた。

長い眠りから目覚めた陽炎が、咄嗟に身構えようとした。だが、身体の痺れが、まだ残っているのか、崩れ落ちた。

「陽炎……」

「……久蔵、何故、裏切った……」

怒りと哀しみがこもっていた。

「陽炎、日暮左近がきている……」

「左近が……」

陽炎の眼が、漸く生気を取り戻して輝いた。

「私を殺しても、左近がお前を斬る……」

裏切り者への怒りが、殺気となった。

「……そうだな」

久蔵は怒りも狼狽も見せなかった。

「久蔵……」

陽炎は動揺した。

微かな嘲笑が、久蔵の頬に湧いた。

土蔵を包む夜気が、いきなり歪んだ。

陽炎と久蔵は、左近と伊賀忍びたちが激突したのを知った。


左近は夜空に大きく舞い上がった。

陽炎の殺気が、片方の土蔵から湧いたのを認め、その屋根に飛んだのだ。

伊賀忍びたちが、手裏剣を投げながら左近に殺到した。

無明刀が閃き、手裏剣を弾き飛ばした。そして、左近が土蔵の屋根に着地した時、二人の伊賀忍びが倒れ、転げ落ちた。伊賀忍びたちは、接近戦を不利と見て散ろうとした。

左近はそれを許さなかった。一気に間合いを詰め、無明刀を一閃させた。二人の伊賀忍びの首と腕が、血飛沫をまき散らして飛んだ。次いで左近は、辛うじて庭に降りた伊賀忍びたちを追った。先に降りた伊賀忍びの一人が、左近を迎え撃とうとした。

左近は、着地しながら無明刀を斬り下げた。伊賀忍びの刀と顔が、真向から二つに割られた。

残る伊賀忍びは一人。左近は一気に迫り、無明刀を一閃しようとした。だが次の瞬間、左近は激しい殺気に襲われ、身を投げ出した。真っ赤な炎が、縦横に地を走り、左近に襲いかかった。左近は辛うじて躱した。

薬師の久蔵だった。久蔵が、事前に火薬を仕掛けておき、左近を狙ったのだ。

「頭領に報せろ……」

一人残った伊賀忍びが、闇に飛んで消えた。

「良くきたな、左近……」

久蔵は微かに笑い、土蔵の中に身を翻した。

左近は土蔵の中に迫った。

土蔵の中には、久蔵はいなく、陽炎だけが倒れていた。

「陽炎……」

「……左近」

「大丈夫か……」

「ああ、久蔵は……」

「この土蔵の何処かにいる」

火縄の燃える匂いが、左近の鼻をついた。

火薬……。

だ。

「陽炎」

次の瞬間、左近は陽炎を抱きかかえて、土蔵から飛び出した。

同時に爆発が起こった。

外に転がり出た左近と陽炎は、爆風に噴き飛ばされるように母家の屋根に飛んだ。

土蔵から炎が噴きあがり、一気に広がった。

左近と陽炎は、蓬萊堂に連なる家並の屋根を走り、数寄屋町の外れの暗い裏露地に降り立った。

蓬萊堂が炎に包まれ、燃え上がっていた。

「左近、久蔵は私たちを道連れにしようとしたのか……」

「おそらく……それより、陽炎はどうしてあそこに……」

「久蔵に眠り香を嗅がされて……後は分からぬ」

半鐘《はんしょう》が鳴り響き始め、野次馬が駆け寄ってきていた。

「長居は無用だ……」

左近と陽炎は、集まってくる野次馬を避けて立ち去った。

献残屋蓬莱堂は、紅蓮《ぐれん》の炎に包まれた。

駆けつけた芝口の町火消し『め組』の人足たちが、燃え上がる蓬莱堂の屋根に纏《まとい》を立てて消火活動を始めていた。だが、燃え上がる炎が、衰える様子はなかった。

仁左衛門は見守るしかなかった。

今のところ、薬師の久蔵を始め、左近や陽炎がどうなったかは分からない。報せにきた忍びによれば、久蔵は陽炎を監禁していた土蔵に左近を誘い込み、爆破したと思われた。

金で秩父忍びを裏切った久蔵は、左近と陽炎に殺されるのを覚悟し、我身を犠牲にして二人を始末したのかも知れない。

仁左衛門は、配下の忍びに三人の死体の確認を急がせた。

鉄砲洲波除稲荷は、蓬莱堂の火事騒ぎをよそに潮騒が静かに響いていた。

陽炎は、急激な覚醒と脱出に疲れ果て、眠り込んでいた。

見届けた左近は、忍び装束に着替えた。

日暮左近にとって初めて着る忍び装束だ。だが、秩父忍び加納大介には、着なれている筈の装束だ。左近は無明刀を腰に納め、眠っている陽炎に気付かれぬよう、静かに巴屋の寮を出た。

波除稲荷から見た北西の空には、赤い炎と煙が立ち昇っていた。

蓬莱堂はまだ燃え続け、火事は広がりを見せていた。すでにめ組以外の町火消しも駆けつけ、町奉行所の役人たちも出張っていた。

おそらく仁左衛門は、現場付近で久蔵と陽炎、そして自分の焼死体を探している筈だ。沼津藩江戸上屋敷は手薄だ。

今しかない……。

左近は、八丁堀の上流に向かって疾走を開始した。忍び装束に違和感はなく、むしろ着心地の好さを感じた。

私は秩父忍び……。

八丁堀を抜けた左近は、楓川《もみじがわ》を越えて火事騒ぎの野次馬で賑わう京橋の闇を走り、山下御門の堀を飛んだ。

外桜田に屋敷を並べる大名たちは、数寄屋町の火事に物見《ものみ》を走らせて、延焼の警戒をしていた。水野出羽守の沼津藩上屋敷も例外ではない。藩士たちは、時の老中の家来として火事場装束に身を固め、いつでも出動できる態勢で下知《げじ》を待っていた。

伊賀忍びの結界は、すでに崩れている。左近の睨み通り、仁左衛門は火事場に出張っているのだ。結界が崩れているのが、何よりの証拠だった。

警戒が緩んでいる……。

左近は、火事に気を取られている藩士たちを尻目に忍び込んだ。

上屋敷の奥御殿は、藩士たちの詰める表とは別世界のように静まり返っていた。

仁左衛門配下の伊賀忍びたちは、藩士たちの動きに結界を分断され、孤立していた。

奥御殿への要所を守っていた伊賀忍びたちが、続いて崩れた。左近が背後の闇から現れ、音もなく忍び込んだ。

老中水野出羽守忠成は、女を抱いて眠っていた。

天井裏から現れた左近が、出羽守の枕元に立ち、無明刀を抜いた。

無明刀の刃が、濡れた輝きを放った。

左近はゆっくりと無明刀をかかげ、眠っている出羽守の喉を突き刺そうとした。

刹那、隣に寝ていた女が、眼を覚まして悲鳴をあげた。

女の悲鳴に驚いた出羽守が、撥ね起きた。

左近は、構わず無明刀を突き刺した。

突き刺された無明刀が、撥ね起きた出羽守の頭をかすめた。

血が、綺麗に剃られた出羽守の月代《さかやき》に一直線に滲み、髷《まげ》が斬り落とされた。

大名然とした出羽守の端正な顔が、恐怖に醜く歪み、甲高い悲鳴をあげた。

無明刀が横薙に閃いた。

甲高い悲鳴が途切れ、醜く歪んだ出羽守の首が飛んだ。喉から噴き出した血が、裸の女や絹の布団に飛び散った。出羽守の首は、壁に当たって転がり、女は気を失った。

左近の足元に転がった出羽守の首は、恐怖に眼を見開き、悲鳴をあげていた口を開けたままだった。

首を失った出羽守の身体は、気を失った裸の女の上に崩れた。

無様で哀れな姿、まさに醜態だった。

無残な……。

左近がそう思った時、鋭い殺気が左近を襲った。

咄嗟に左近は、襖を蹴破って次の間に飛び退いた。殺気を放った伊賀忍びが現れ、左近に手裏剣を連射した。

左近は転がり、飛び、隠れて躱した。

伊賀忍びは、百獣屋の弥平だった。弥平は、怒りに震えていた。出羽守を守る役目を果たせず、出し抜かれたことに激怒していた。

怒りは人を狂わせる。

左近は無明刀を大上段に大きく構え、全身を隙だらけにした。

天衣無縫の構えだ。

怒りに狂った弥平は、左近の誘いに乗った。

忍び刀を抜きながら突進した。

見切りの内に踏み込んだ弥平が、無言の気合を放って斬り掛かった。

「無明斬刃……」

無明刀が瞬いた。

弥平が棒立ちになった。その額に血が浮き、顔を二つに分けるように流れ落ちた。弥平は倒れた。

剣は瞬速……。

無明刀の斬刃は、弥平の斬り込みより数段速かった。

左近は吐息を洩らした。

圧倒的な殺気が、猛烈な勢いで押し寄せてきた。

仁左衛門だ……。

左近は、出羽守の首を手にして脱出した。

裏をかかれた……。

仁左衛門は、血塗れの出羽守の死体の傍に茫然と立ち尽くすしかなかった。

血が、斬られた首からゆっくりと滴り落ち、絹の布団を真っ赤に染めていた。

無念……。

虚脱感が、仁左衛門を包んでいた。

「何をしている……」

小柄な男が現れた。

土方縫殿助だった。

「土方さま、出羽守さまが……」

「うろたえるな……」

土方の厳しい叱責が飛んだ。仁左衛門は我に返った。

「仁左衛門、早々に片付けろ……」

「土方さま……」

土方は、首のない出羽守の死体を冷たく一瞥した。裸の死体には、大名の威厳も誇りもなく、醜く情け無いものでしかなかった。

土方の顔に、嘲笑が浮かんだ。

「仁左衛門、我が殿水野出羽守さまは、急な病、しばらくは誰にも逢わぬ……」

「しかし……」

「影武者だ」

「影武者……」

「所詮、この土方あっての老中水野出羽守、儂さえいれば、影武者で充分に間に合う……」

「ですが、今から探すとなると……」

「仁左衛門、この土方が、そのような間の抜けた真似を致すと思うか」

「では……」

「去年、我等が楽翁を狙った時、こういうこともあろうかと、殿に瓜二つの男を探し出し、すでに充分に仕込んであるわ」

土方は笑った。

自分の読みの深さと正しさを誇るかのように、嬉しげに笑った。

鬼だ。鬼の笑い声だ……。

仁左衛門は、笑う土方が不気味に見えた。

「これ迄もこれからも、公儀の政治を動かすのは、この土方縫殿助よ……」

土方は、苛立ちを権力に向け、執念を燃やしていた。

「仁左衛門、その方に残された役目は、楽翁と左近の始末……」

「はっ……」

土方は、落ちていた弥平の忍び刀を拾い、気絶している裸の女の心の臓を、無造作に刺し貫いた。

裸の女は、気を取り戻す間もなく、絶命した。

「殿の死を知る者は、たとえ誰であっても生かしておけぬ。仁左衛門、このこと他言無用。我が殿水野出羽守忠成様には、何事もなかったのだ……」

忍び刀を抜いた土方に返り血が飛んだ。

「……良いな、仁左衛門。命に代えても、楽翁と日暮左近を殺せ……」

土方は楽しげな笑みを浮かべ、頬に飛んだ返り血を赤い舌で嘗めた。

小柄で貧相な土方の身体が、巨大な怪物に見えた。

まさに鬼だ……。

仁左衛門は思わず平伏した。

醜い……。

水野出羽守忠成の首は、恐怖に歪み、どす黒い血に汚れていた。

この首が、私の狙っていた水野出羽守……。

陽炎は、思わず顔を背《そむ》けた。

虚しさが込みあげた。

「……陽炎、そなたの役目は終わった」

「この首、どうする……」

「お館に届ける」

「お館様が、何処にいるのか知っているのか……」

「おそらく楽翁の傍にいる……」

「ならば……」

「築地の白河藩下屋敷だ……」

陽炎を暗殺者の役目から解き放つには、水野出羽守の首を秩父忍びのお館か、羽黒の仏に差し出すしかない。

陽炎を自由にしてやる……。

左近は、密かにそう決意していた。

三

献残屋蓬萊堂を火元とした火事は、数寄屋町一帯を焼いて鎮火した。

「それにしても良かったわねぇ、死人が出なくて……」

「ああ……」

だが、事実は違った。

北町奉行所与力青山久蔵によれば、蓬萊堂の焼け跡から五人の男の焼死体が発見されたが、老中水野出羽守家中の者が駆けつけ、内密に引き取ったという。

「それにしても叔父さん、火元が蓬萊堂だなんて驚いたわね」

火事は、今度の一件と関わりがある。おそらく左近と仁左衛門の闘いが、招いたことなのだ。焼死体で発見された五人の男は、仁左衛門配下の伊賀忍びに違いない。

彦兵衛はそう思っていた。

銀の香炉から始まった事件は、激しい殺し合いを繰り返し、終息に近づいている。

「無事かしら、左近さんと房吉さん……」

彦兵衛とおりんは、左近と房吉が何処で何をしているかは知らない。

「あの二人のことだ。滅多なことで、死にはしない……」

彦兵衛は確信していた。

築地の白河藩下屋敷からは、相変わらず伽羅の香りが漂っていた。

楽翁の病状は、重いままなのだろう。だが、医者が来た気配はなかった。

医者が来ないのは、すでにあらゆる手立てを尽くしたが、回復する見込みがなく、現状を維持するための薬を飲むしかない証拠なのだろうか。

房吉は、あらゆる場合を想定した。

そうしていなければ、お袖を思い浮かべてしまう。下屋敷にいる腰元は、お袖に瓜二つの女なのか、それとも本人なのかは分からない。

あれ以来、腰元は外に出てこなかった。

昨夜の火事騒ぎの時も、藩士や奉公人たちが外に出てきて眺めていたが、お袖に瓜二つの腰元は現れなかった。

房吉は待った。

医者が訪れるのと、腰元が出てくるのを粘り強く待ち続けた。

左近は蓋をした手桶を下げ、海辺の道を築地に向かった。

手桶には、塩漬けにされた水野出羽守の首が入っていた。

楽翁に出羽守の首を渡して、虚しい殺し合いを終わりにする……。

東からの海風は、左近に心地好かった。


房吉は緊張した。

お袖に瓜二つの腰元が、中間を従えて出てきたのだ。

お袖……。

確かめるのだ。

房吉は、尾張藩蔵屋敷の石垣に張りつくように係留していた猪牙舟から出て、素早く岸辺にあがった。

下屋敷を出た腰元は、中間を従えて掘割を渡り、築地西本願寺の方に向かった。

房吉は追った。

先を行く腰元の後ろ姿は、どう見てもお袖だった。

もっと良く顔を見たい。そして、声を聞いてみたい……。

房吉の心は逸《はや》った。逸る心は、房吉から慎重さを奪った。

腰元と中間は、南小田原町を過ぎ、本願寺橋が近づいていた。

いつしか房吉は、足を早めた。

「お袖……」

思わず名を呼んだ。

本願寺橋にいた腰元が、驚いたように振り返った。

「俺だ。房吉だ……」

腰元は、茫然とした面持で房吉を見つめた。

「……房吉さん……」

腰元の口から微かに洩れた。

お袖だ。

やはり、お袖に間違いなかった。

「お袖……」

房吉が走った。

中間の顔に緊張が浮かんだ。

房吉は中間の様子に気付かず、お袖に向かって駆け寄った。身構えた中間が、苦無を懐から素早く引き抜いた。羽黒の仏配下の出羽忍びだった。

房吉の眼中には、驚いて立ち尽くすお袖の姿しかなかった。

中間が、駆け寄る房吉に苦無を閃かせた。

その刹那、お袖が房吉に抱きついた。

房吉は、お袖を抱き止めた。

「お袖……」

「房吉さん……」

お袖の顔に浮かんだ微かな笑みが、すぐに苦悶に変わった。お袖の体重が、房吉にのし掛かった。房吉は、お袖の異常に気が付いた。

お袖の背中には、深々と苦無が突き刺さっていた。

「どうして……」

驚き茫然とした房吉は、お袖を抱いたままその場に座り込んだ。

「に、逃げて……」

お袖が微かに囁いた。

苦無を構えた中間が、房吉に襲いかかってきた。

お袖と一緒に死ぬ……。

房吉は覚悟を決め、お袖を強く抱き締めた。

血飛沫が飛んだ。

掘割に何かが落ちる水音がした。

「房吉さん……」

(左近さん……)

房吉は慌てて顔をあげた。左近が手桶を下げて佇んでいた。

中間を装った出羽忍びの死体が、本願寺橋下の掘割を江戸湊に流れていくのが見えた。

海辺の道をきた左近は、南小田原町の露地から、西本願寺に向かっていく房吉を見掛けたのだ。

「お袖さんですか……」

「ええ……」

房吉は、お袖を抱き締めていた腕を緩めた。

お袖は絶命していた。

「俺を助けようとして、俺を庇って……」

房吉はお袖の頬を撫ぜ、激しく嗚咽《おえつ》を洩らした。そして、再びお袖を抱き締めた。

お袖の身体には、薬草の匂いと伽羅の香りがまとわりついていた。

お袖は、楽翁の看病をしていた……。

左近は気付いた。

楽翁は狂喜した。

水野出羽守の首は、塩をまぶされたなめくじのように萎《しぼ》み、歪んでいた。

布団の上に起き上がった楽翁は、眼を輝かせ、涎を垂らして喜んだ。そして、皺だらけの骨張った手で出羽守の首を摑み、畳に叩きつけた。

「おのれが……非才のおのれが……よくも……よくも、この儂の政を……」

出羽守の血が飛び、肉が崩れ、眼玉が零《こぼ》れ落ちた。

楽翁は笑った。出ない声で笑った。

藩士が、門前に置かれた手桶を見つけ、羽黒の仏に届けてから四半刻《しはんとき》（三十分）が過ぎていた。

水野出羽守の首をとり、門前に置いたのは日暮左近に違いない。仏と秩父幻斎の目論見通り、左近は陽炎を助けて出羽守の首をとったのだ。

羽黒の仏は、狂喜する楽翁を冷めた眼で見つめていた。

醜い……。

権力者の争いには、憎しみに溢れた怨念と汚い欲望が渦巻いている。

羽黒の仏は、虚しさに襲われた。

「これで我ら秩父忍び、約束を果たし終えましたな……」

秩父幻斎の声が、闇の中から響いた。

「うむ……」

仏が頷くと同時に幻斎の気配は消えた。

秩父忍びの総帥幻斎は、陽炎を始めとした配下を纏め、秩父に帰るのだろう。これで秩父忍びは、出羽忍びによって滅ぼされずに済むのだ。

楽翁の笑い声が、いきなりあがった。

羽黒の仏は、我に返って楽翁を見た。

楽翁は、笑い声をあげたのではなかった。断末魔の息に、喉が切れぎれに鳴っただけなのだ。猫に執拗に玩ばれた鼠のように、ぼろぼろになった出羽守の首が転がった。

「楽翁様……」

楽翁は満足そうに笑い、ゆっくりと前のめりに崩れた。

希代の英才・楽翁松平定信は、寛政の改革の栄光と挫折の狭間に揺れ、狂気と怨念にまみれて七十二年の生涯を閉じた。

羽黒の仏は、静かに手を合わせた。

楽翁松平定信と水野出羽守……。

互いに暗殺者を送り、殺し合った二人が死んでいった。

余りにも醜く、そして儚《はかな》く滅び去った。

日本橋川鎧ノ渡の傍の長屋には、死者を弔う読経《どきよう》が流れ、線香の匂いが漂っていた。

お袖の弔いだった。

房吉、彦兵衛、おりん、そして左近だけの淋しい弔いだった。

あれから房吉は、お袖の死体を猪牙舟で鎧ノ渡に運び、長屋の自分の家に安置した。報せを受けた彦兵衛とおりんが、慌てて駆け付けてきた。

房吉は、率先して弔いの仕度をした。お袖にしてやれることは、もうそれしかなかった。房吉は黙々と仕度をした。

お袖の死体は、巴屋の菩提寺に葬られた。

巴屋の菩提寺には、すでに亭主の文吉が葬られていた。お袖と文吉は、死んで再び一緒になった。

弔いが終わった夜、房吉は酒を飲んだ。鎧ノ渡の船着き場に座り、一人で酒を飲んだ。ただ黙って飲み続けた。

左近と彦兵衛は、見守るしかなかった。

酒を飲む房吉の背は、川の流れの音に包まれて小刻みに震えていた。

白河藩は、楽翁松平定信の死を公表した。

死んだ日は、左近が水野出羽守の首を下屋敷の門前に残した日だった。重い病だった楽翁が、水野出羽守の首を見て歓び、興奮の余り死んだとしても不思議はない。

左近はそう睨んだ。

だが、水野出羽守忠成は、左近に首を斬り飛ばされたのにも関わらず死んではいなかった。老中として登城し、政務に携わっていた。土方縫殿助の作った影武者だった。

影武者の傍には、常に土方縫殿助が付添い、登城には仁左衛門が供侍として警固した。影武者は、土方の脚本と演出通りに出羽守を演じた。そして、疑う者が現れれば、仁左衛門配下の伊賀忍びがすぐに始末をした。

今のところ、影武者に気付いた者はいない。

出羽守の首をとった左近を除いては……。

一刻も早く左近を殺す。

仁左衛門は機会を窺っていた。

「……それで、蓬莱堂の焼け跡から見つかった死体は、その五人だけなのか」

「うむ、彦兵衛殿が北町奉行所の与力に聞いた限りでは、死体は沼津藩が内密に引き取った五人だけだそうだ……」

「その中に久蔵が……」

「違う。あの時、私は五人の伊賀忍びを倒した……」

「では……」

「陽炎、薬師の久蔵は生きている……」

「おのれ、久蔵……探し出して必ず殺してやる」

陽炎は、憎しみを滾らせた。

「陽炎……」

「なんだ……」

「久蔵は何故、蓬莱堂を爆破した……」

「……お前を殺したいからだ」

「では何故、お前を石牢から出して、私の眼に触れやすくした……」

「それは……」

「何故だ……」

「何が言いたいのだ、左近……」

「……久蔵は、本当に裏切っていたのか」

「黙れ、左近。久蔵は秩父忍びの敵、伊賀の仁左衛門の手先となって楽翁を毒で殺そうとし、私を罠にはめて捕らえたのだ。裏切ったのに決まっている」

「だが、久蔵はお前を殺しはしなかった」

「左近……」

「お前を餌に私を誘い出したのなら、土蔵まで誘い込んで爆破するべきだ。違うか……」

左近の言う通りだった。

何故、久蔵はそうしなかったのだ。

陽炎の心が、僅かに揺らいだ。そして、その揺らぎを慌てて否定した。

「油断したのだ。久蔵はお前をなめて、油断したんだ。それだけだ……」

「そうかな……」

違う……。

久蔵の行動には、何か別の意図がある。左近にはそう思えてならなかった。

沈黙が訪れ、潮騒が殺気を秘めて静かに押し寄せてきた。

殺気……。

「……左近」

陽炎が緊張した。

押し寄せた殺気が、一挙にふくらんで左近と陽炎を包んだ。

「ここにいろ……」

左近は無明刀を手にし、ゆっくりと立ちあがった。

夜の鉄砲洲波除稲荷の境内には、潮の香りが漂っていた。

殺気に誘われた左近が、波除稲荷の境内に現れた。

蓬萊堂仁左衛門が、鋼の手甲を着けた忍び姿で佇んでいた。

「日暮左近……」

「蓬萊堂仁左衛門か……」

「その命、貰い受ける」

「仁左衛門、命を無駄にするな……」

「……儂が破れると申すか」

「左様……忍びが、忍びを棄てるのは、破れる時……」

「儂は忍びを棄ててはおらぬ」

「ならば何故、月光に身をさらし、敵を待つ。何故、忍びとして闇に潜み、影となって襲わぬ……」

「黙れ、儂は伊賀忍びの頭領だ」

「たとえ頭領であろうとも、忍びは忍び。忍びを棄てた時は、死あるのみ……」

次の瞬間、仁左衛門の殺気が、渦を巻いて左近に襲い掛かった。

左近は夜空に飛んだ。

唸りをあげた棒手裏剣が、左近のいた場所を続けざまに貫いた。

夜空に飛んだ左近が、仁左衛門に鋭い蹴りを放った。仁左衛門が、鋼の手甲で守られた両腕を交差させて弾き飛ばした。左近は宙を舞い、背後に着地した。

追い縋った仁左衛門が、忍び刀を電光のように閃かせた。左近は背後に飛びさがり、躱し続けた。仁左衛門の忍び刀は、唸りをあげて左近に迫った。

無明刀が閃いた。

宙に舞い上がった仁左衛門が、分銅を放ちながら左近の頭上を飛んだ。

放たれた分銅は、無明刀を握る左近の腕にその鎖を巻きつけた。仁左衛門が着地した時、左近は鎖に大きく引きずられ、仰向けに倒れた。次の瞬間、鎖に仕込まれた導火線が火を噴いた。火は鎖を伝い、左近に向かって走った。

爆発する……。

分銅には、火薬が仕込まれている。分銅が爆発すれば、無明刀を握る右腕はおろか、左近の五体が砕け散る。導火線の火は、猛烈な速さで鎖を伝い、左近の腕に迫った。

左近は、無明刀を左手に持ち替え、体勢を崩しながら鎖に閃かせた。無明刀は鈍い輝きを放ち、音も立てずに鎖を断ち斬った。鎖は、左近の腕の寸前で切断され、導火線の火は落ちて燃え尽きた。

一瞬の出来事だった。

仁左衛門は、体勢を崩した左近に猛然と斬り掛かった。

左近は辛うじて忍び刀を躱した。だが、仁左衛門の鋼の手甲の小柄ほどの剣が、続けざまに左近の顔を襲った。

見切る間はなかった。

左近の頰が、僅かに斬り裂かれ、血が飛んだ。仁左衛門は、鋼の手甲で覆われた拳を振るい、小柄ほどの剣を煌めかせた。

左近は仰け反って躱し、必死に後退した。仁左衛門の拳の剣が、左近の着物の胸元を次々と斬り裂いた。

後退を続けた左近が、追い詰められて大木を背にした。

後はない……。

仁左衛門が、左近の顔に拳を輝かせる剣を続けざまに放つ。

左近は身体を僅かに揺らして、小柄ほどの剣を辛うじて見切った。

鋼の手甲で覆われた拳の剣が、左近の鼻先を風を切ってかすめた。

瞬間、無明刀が瞬いた。

無明刀は、仁左衛門の腕を鋼の手甲ごと両断した。斬られた仁左衛門の腕が、血を噴きあげて夜空に飛んだ。

仁左衛門は怯まなかった。

怯まないどころか、手を失って血を滴らせる腕を左近に向かって振った。斬り口から血が飛び、左近の顔に襲いかかった。

左近は思わず眼を瞑った。

貰った……。

仁左衛門の忍び刀が、左近の頭上に刃風を鳴らした。

左近の五感が、迫りくる刃風を捉えた。

「無明斬刃……」

眼を瞑ったままの左近が、迫る刃風を断ち切るように無明刀を横薙に一閃した。

仁左衛門の忍び刀が、鋭く斬り下ろされた。

無明刀の輝きが渦巻き、仁左衛門の忍び刀と交錯した。

静寂が、波除稲荷の境内に溢れた。

左近と仁左衛門は、交錯したまま残心の構えをとっていた。

殺気がゆっくりと消えていき、血が微かに音を立てて滴り落ちた。

落ちるように膝をついた仁左衛門が、ゆっくりと横倒しに崩れた。

剣は瞬速……。

仁左衛門の斬り裂かれた腹から血が溢れ、腸がゆっくりと零れ出した。

伊賀忍びの頭領蓬萊堂仁左衛門は死んだ。

左近は無明刀を納め、手を合わせた。

江戸湊の潮騒が湧き上がり、波除稲荷の境内にゆっくりと広がってきた。


「……そうですか、蓬萊堂仁左衛門を倒しましたか……」

「ええ……」

「これで文吉さんの公事訴訟の始末、何も彼も終わったのね」

おりんが、ほっとした吐息を洩らした。

「銀の香炉一つから始まり、随分と血生臭い出入りになったものだ……ご苦労さまでしたね、左近さん……」

「房吉さん、どうしています」

「まだ、出てきませんよ」

「そうですか……」

「房吉さん、お袖さん、自分のせいで死んだと思っているから……辛いわよね」

房吉は、お絹という許嫁がいるにも関わらず、お袖を抱いて重荷を背負った。

おそらくお袖も、文吉という亭主を亡くしたばかりにも関わらず、房吉を愛した。

房吉とお袖は、罪の意識に苛《さいな》まれながら愛し合ったのだ。そしてお袖は、愛する房吉を庇って死んでいった。

これで、良かったのかも知れない……。

そう思うしかない。

左近は自分に言い聞かせた。

「彦兵衛殿、おりんさん……」

「何ですか……」

「暫く暇《いとま》を貰います」

「……暇、ですか……」

「はい……」

「何をするんです」

「私は秩父忍びの加納大介。その昔、お館の秩父幻斎の命令で、陽炎の兄の結城左近と楽翁松平定信を暗殺に行き、羽黒の仏と申す出羽忍びの総帥に破れ、楽翁暗殺に失敗して秩父に逃げ帰った。そして、何故か結城左近と闘って倒し、記憶の全てを失った……」

「左近さん、記憶、取り戻したのですか」

「いいえ、陽炎に教えて貰ったのです……」

「じゃあ、記憶はまだ……」

「時々、断片を思い出すだけです……」

如何に素性を教えられたとしても、失われた記憶が蘇らない限り、加納大介としての実感は何もない。

「でも、それだけ分かれば、もう充分じゃない……」

「おりんさん、私が一番知りたいのは、どうして羽黒の仏に破れ、幼馴染みの結城左近と闘ったかということなのです……」

「暇を取って、それを調べますか……」

「はい。それに今度の事件には、まだ何か裏がありそうな気がしてならないのです」

「暗殺の陰謀に潜む裏、ですか……」

「ええ……」

「分かりました。必要なものを言って下さい。すぐに用意しますよ……」

最後の詰めは、甘くはない。

真相を突き止めるために闘わなければならない相手は、おそらく羽黒の仏だけではない筈だし、姿を消した薬師の久蔵も気になる……。

命を失うことになるかも知れない。

左近は覚悟していた。

四

両国の夜空に花火が咲く季節になり、江戸は本格的な夏の訪れを迎えた。

出羽忍びの総帥羽黒の仏は、楽翁松平定信が死んだ日以来、白河藩江戸下屋敷から姿を消していた。

左近は探した。だが、羽黒の仏の行方は摑めなかった。すでに江戸を離れ、出羽三山に戻ったのかも知れない。

出羽に行くしかない……。

左近は決めた。

陽炎が現れた。

「薬師の久蔵が見つかったのか……」

陽炎はあれ以来、蓬萊堂の火事場から姿を消した裏切り者の薬師の久蔵を探していた。

「いいや、久蔵はまだだが、お館様からすぐ秩父に戻れと繋ぎがきた」

「秩父に……」

「何か、異変が起きたのかも知れぬ」

「……陽炎、心当たりはないのか」

「左近、お前の睨み通り、久蔵が裏切っていないとしたら、楽翁暗殺の毒を用意したのは、お館様の命令だ。だが、お館様は、羽黒の仏と手を組み、楽翁の影武者をつとめた。左近、どういうことだ……」

「暗殺の陰謀の裏で、お館が何か仕組んだのかも知れぬ……」

「左近もそう思うか……」

「ひょっとしたら陽炎、秩父に戻れという報せ、その辺りに関わりがありそうだな」

「どういうことだ」

「お館の仕組んだことに気付いた者が……」

羽黒の仏だ……。

失った記憶が、久々に囁いた。

羽黒の仏が、秩父幻斎が裏で仕組んだことに気付き、何らかの行動を起こしているのだ。

幻斎はそれを恐れ、陽炎を呼び戻そうとしている。

羽黒の仏は、秩父にいるのだ。

「陽炎、私も秩父にいこう……」

「左近……」

真相を解く鍵は、秩父にある……。

左近は出立を急いだ。

秩父は、武蔵国の西の端にあり、連なる山々に隔絶された盆地一帯を指し、秩父銘仙などの織物の産地だ。

秩父で名高いのは、豪華絢爛《けんらん》な笠鉾《かさぼこ》・屋台を曳く秩父神社の夜祭りと、札所《ふだしょ》巡りだ。札所三十四ケ所巡りは、観音信仰の高まりから庶民の間に広まっていた。

江戸からの道は、三通りある。

中山道を下り、熊谷《くまがや》から甲州《こうしゅう》に繋がる秩父往還から寄居《よりい》を抜けていく道。

二つ目は、四谷《よつや》から練馬《ねりま》、川越を通っていく道。

そして三つ目は、所沢《ところざわ》から飯能《はんのう》、吾野《あがの》を通っていく道だ。

左近と陽炎は、中山道を行く道筋を選んで夜明け前に出立し、秩父に急いだ。

日本橋から熊谷まで十五里三十四丁。

左近と陽炎にとって、僅かな道のりでしかない。

午《うま》の刻を過ぎた頃、二人は秩父往還に入って小前田《おまえだ》を過ぎ、荒川の流れる寄居に着いた。荒川の流れを遡ると長瀞《ながとろ》の急流があり、宝登山《ほどさん》がある。

宝登山麓には、東征した日本武尊《やまとたけるのみこと》が、猛火に襲われて危機に陥った時、巨犬に救われたという伝説の地があり、それを祭る宝登山神社があった。その宝登山神社の裏側、林の奥に秩父忍びの館があった。

夜、左近と陽炎は、宝登山神社の境内に着いた。

秩父忍びの館は、林の静寂に包まれてひっそりと建っていた。

「……ここが、秩父忍びの館か……」

「そうだ、我々が育ったところだ……」

左近は館を見つめた。

暗く沈んだ館だった。

「思い出したか……」

「いいや……」

何も思い出しはしなかった。

陽炎は、秩父忍びの館に入ろうとした。

「待て……」

左近は止めた。

「左近……」

陽炎が、怪訝に振り返った。

左近は秩父忍びの館は勿論、辺り一帯の様子を窺った。

静か過ぎる……。

梟の鳴き声も虫の音も聞こえなかった。

何かが起こっている……。

左近の五感が囁いた。

「左近……」

「陽炎、館の入口は、ここだけか……」

「いや……」

「案内してくれ」

「左近、すでに何事か、起きていると言うのか」

「おそらく……」

陽炎は左近を見つめ、黙って館から離れた。左近が続いた。


館から一丁ほど離れたところに、川とも呼べぬ小さな水の流れがあった。

陽炎と左近は、浅い水の流れに入り、遡り始めた。

水の流れは、やがて左右からの茂みに覆われ、崖の下に入った。陽炎と左近は、崖の下に潜り込んだ。崖の下は、小さな洞窟になっていて、岩の隙間から水が湧き出していた。そして、小さく狭い洞窟の天井に穴があった。人が一人、潜り込めるほどの穴だった。

陽炎が天井の穴に入った。

左近が続いた。

陽炎が火縄に火を灯した。

小さな火に照らされた穴の中は、背を曲げて通れる程度に広く、真っ暗な奥に続いていた。

「いくぞ……」

火縄を手にした陽炎が、穴の奥に小走りに進み始めた。

穴の壁と天井は、しっかりと土留めがされ、床の土は踏み固められていた。

左近は、陽炎の背を見ながら進んだ。

やがて、穴は行き止まりになった。

陽炎は、頭上の土留め板を押し上げ、這いあがった。

血と黴《かび》の匂いが、微かに洩れてきた。

懐かしい匂いだ……。

失った記憶の一片が、左近の脳裏に浮かびあがった。

「早く……」

左近が這いあがると、陽炎が土留めの板を閉めた。左近と陽炎が出た所は、血と黴の匂いに満ちた暗い部屋だった。

「動かないで……」

陽炎が天井を示した。

天井には、隙間無く槍の穂先が植えられていた。侵入した敵が、不用意に床板を踏むと天井が一気に落下し、槍の穂先で刺し殺す仕掛けだ。

頷いた左近は、這い出た穴から戸口の左端に向かう一枚の床板だけを踏んで進んだ。

「左近……」

陽炎が驚いた声をあげた。

「……思い出したのか」

左近は思い出し掛けていた。

穴の周囲二尺と戸口の左端へ続く床板一枚だけが安全で、それ以外の所を踏めば、穂先の植えられた天井が襲い掛かる仕掛けを……。

左近は戸を開け、外に出た。

そこは、陽炎に水野出羽守暗殺を命令した赤い蜘蛛が残されていた地下の部屋だった。

「左近、記憶が戻ったのか……」

追ってきた陽炎が、不安と期待の入り混じった眼差しをしていた。

「話は後だ……」

左近は殺気を感じていた。

館の中は暗く、張り詰めた殺気が満ち溢れていた。

左近は戸を開け、館の中に静かに踏み出した。

殺し合いと失った記憶に向かって……。

左近は踏み出した。

暗闇は、忍びにとって無限の広がりがあるが、同時に危険に満ち溢れた空間だ。
左近と陽炎は、己の気配を消し、殺気の中心に向かって闇を進んだ。
行く手の闇が、微かに揺れた。
左近と陽炎は、素早く物陰に潜み、揺れた闇に誰何《すいか》した。身構えた忍びの姿が、
広間の隅の闇に滲むように浮かんだ。
陽炎は、思わず乱れそうになった己の気配を慌てて抑えた。

闇に滲む忍びは、薬師の久蔵だった。

左近が小さく頷いた。

闇に滲んだ久蔵は、身動きもせずに天井を見つめていた。圧倒的な殺気が、天井裏から放たれていた。

出羽忍びの総帥羽黒の仏の殺気だった。

天井裏に潜んだ羽黒の仏の殺気は、久蔵を押し潰さんばかりだった。事実、久蔵は姿の見えない仏の殺気に圧倒されたのか、身動《みじろぎ》一つせずに天井を見つめていた。

金縛りにあっている……。

おそらく久蔵は、瞬きもできないでいる筈だ。羽黒の仏は、久蔵が動けば勿論、瞬きをしただけでも一撃を与え、倒すだろう。だが、このままでも久蔵は、圧倒的な殺気に耐え切れなくなり、消耗して自滅する。所詮、薬師の久蔵は、羽黒の仏の敵ではないのだ。

久蔵の肩が微かに震えた。殺気に耐える限界が近づいてきたのだ。

刹那、羽黒の仏の殺気が大きく揺らいだ。

おそらく何者かが、天井裏で羽黒の仏に攻撃を仕掛けたのだ。

左近は真上に飛んだ。

真上の天井板が内側に開き、左近を天井裏の闇に吸い込んだ。

「左近……」

陽炎は唖然と見送った。

左近は、館の忍びからくりを思い出している。記憶を蘇らせているのだ。

闇に鈍い音が響いた。

久蔵が横倒しに崩れたのだ。陽炎は素早く駆け寄った。久蔵は顔を冷汗で濡らし、気を失っていた。

天井裏の闇には、二つの殺気が絡み合い、激しく渦巻いていた。

梁に潜んだ左近は、闇を透かし見た。

忍び装束に身を固めた羽黒の仏が、やはり忍び姿の秩父幻斎と対峙していた。

「……幻斎、我に味方しながら、配下《そ》の久蔵を仁左衛門の元に送り込み、出羽忍びと伊賀忍びを闘わせ、その力を削ぐか……」

「忍びに裏表あり、それを知らぬ仏でもあるまい……」

「どちらが勝っても、秩父忍びは生き残る策か……」

「そうでもしなければ滅びてしまう……」

「それにしても、陽炎を使って日暮左近を巻き込む企み、見事だ……」

「日暮左近か。加納大介としての記憶を失い、人が変わった。左近ならお主に勝てるやもしれぬ……」

「記憶を失い、名を変えようとも、一度でも破れた者には、身体の何処かに恐怖が染みつくもの。この羽黒の仏の敵ではない」

羽黒の仏が、いきなり殺気を消して、幻斎に微笑みを投げ掛けた。

幻斎が、素早く手裏剣を放った。

仏は、僅かに身を反らせて手裏剣を見切り、一気に間合いを詰めた。幻斎の刀が、横薙に一閃された。仏が、大きく仰け反って躱した。幻斎が踏み込み、忍び刀を斬り下ろした。仏が、仰け反ったまま足を蹴りあげた。飛ばされた幻斎の刀が、短く音を鳴らして板壁に突き刺さった。

これ迄だ……。

幻斎は、梁と柱が交差している場所の鎹《かすがい》を引き抜こうとした。鎹を引き抜けば、屋根が崩れ落ち、館は一挙に潰れる仕掛けになっているのだ。

秩父忍びを守るためには、羽黒の仏を道連れにするしかない……。

幻斎は秩父忍びのお館として、最後の闘いをしようとしていた。だが仏の手が、鎹を引き抜こうとした幻斎を押さえた。

「放せ」

思わず幻斎は、仏を睨みつけた。

仏の眼に微笑みが浮かび、金色に輝いた。

慌てた幻斎が、眼を逸らそうとした。

遅かった。

幻斎は眼を逸らせず、魅せられたように微笑む仏の金色に輝く眼を見つめた。

左近は微動だにせず、成り行きを見守った。

「……秩父幻斎……」

羽黒の仏は、金色に輝く眼で幻斎を見つめ、名を呼んだ。

幻斎の眼は、既に己と輝きを失い、焦点の定まらない空虚なものになっていた。

仏は、ゆっくりと忍び刀を抜き払った。

幻斎は身構えも後退もせず、棒のように立ち尽くしたままだった。仏は忍び刀の切っ先で、幻斎の頬を浅く斬った。

血が、幻斎の頬に深く刻まれた皺に沿って流れ、顎から滴り落ちた。

幻斎は苦痛も見せず、血の滴るままに立ち尽くしていた。

催眠の術……。

羽黒の仏は、幻斎に催眠の術を掛け、なされるがままの無抵抗状態に陥れたのだ。おそらく幻斎は、痛みも恐怖も感じず、極楽にいるかの如く恍惚《こうこつ》状態になっているのだ。

左近は知った。

羽黒の仏が、〝仏〟の理由を……。

催眠の術を掛けられた幻斎は、心の臓を貫かれても何も感じず死んでいく。

嘲笑を浮かべた羽黒の仏は、幻斎の喉に忍び刀を突きつけ、突き刺そうとした。

刹那、左近は殺気を鋭く放った。

羽黒の仏は、咄嗟に大きく飛び退いた。

秩父幻斎が、支えを外された人形のように崩れた。

なおも左近は、鋭い殺気を放った。

羽黒の仏が、殺気を正面から受け止めた。

「……日暮左近か……」

「羽黒の仏……」

「左近、加納大介の昔に戻り、今度はお前が羽黒の仏の掌の上で踊ってみるか……」

「今度はお前だと……」

左近は気付いた。

「仏、我らが楽翁松平定信の命を狙った時、結城左近に催眠の術を掛けたのか……」

「そして、お前たちの企ての全てを吐かせ、攻撃の先手を打って玩んだ。やがてお前たちは、楽翁さまの暗殺に失敗し、秩父に逃げ帰った。だが、幻斎は気付いた。結城左近が儂に催眠の術を掛けられているとな……」

「お館は、それを文で私に報せた……」

「ああ、だから儂は、結城左近を操り、お前と闘わせた……」

そして左近は、陽炎の兄結城左近を激闘の果てに倒し、記憶を失ったのだ。

ようやく左近は、幼馴染みの結城左近と闘った理由を知った。

怒りが、全身に駆け巡った。

「兄の仇……」

闇から陽炎の怒声が響き、羽黒の仏に畳針のような手裏剣が飛んだ。

羽黒の仏の忍び刀が、素早く閃いて陽炎の手裏剣を叩き落とした。

陽炎が叫んだ通り、羽黒の仏こそが、結城左近を操り、死に追い込んだ仇なのだ。

陽炎の殺気が、闇に溢れて零れた。陽炎は、羽黒の仏に襲いかかろうとした。

拙い……。

陽炎が、羽黒の仏に敵《かな》う筈もなく、催眠の術を掛けられたら左近の不利になる。

次の瞬間、左近は陽炎を遮るように羽黒の仏に向かって走り、無明刀を閃かせた。

羽黒の仏が、板壁を突き破って夜空に飛び出した。

「左近……」

「お館を頼む」

左近は陽炎に言い残し、羽黒の仏を追って夜空に飛んだ。

夜空に舞った左近が、渓流の岩場に降り立った。

出羽忍びたちが、周囲の闇を揺らして左近に殺到した。無明刀が閃いた。出羽忍びたちの切断された首や腕が、夜空に飛んだ。左近はそのまま岩場を走り、羽黒の仏の気配を追った。

出羽忍びたちの攻撃が、左右や背後から激しく続いた。左近は、疾走しながら無明刀を瞬かせた。呻き声が洩れ、血飛沫が飛び散った。やがて、追ってくる出羽忍びはいなくなった。

水の落下する音が響いてきた。

滝だ。

左近は闇を見据えて疾走した。やがて、轟音を響かせる滝が見えた。

左近は岩陰に潜み、羽黒の仏を探した。岩は滝の飛沫に濡れ、木々は微かに揺れている。

羽黒の仏が、滝壺の周辺にいるのは間違いない。

左近は、滝壺の傍の岩場に身を潜め、辺りを見回した。

一瞬、眼下の滝壺が、金色に光った。

思わず左近は、滝壺を覗き込んだ。滝壺の中に妖艶な笑みを浮かべた女の顔があった。

女……。

そう思った瞬間、滝壺の中から女の手が素早く伸びて左近の胸元を摑み、滝壺に引きずり込んだ。

長い髪を揺らした女は、豊満な肉体を左近の身体に絡みつかせた。

羽黒の仏の催眠の術だ……。

左近は辛うじてそう思った。

女は、左近の身体にまとわりつき、動きを封じ始めた。

催眠の術の眼眩《くら》まし……。

左近は、一刻も早く脱出しようとした。だが、女に捕らえられた身体は、身動きが叶わなかった。

女は笑いながら牙を剝き、喉に嚙みつこうとした。

無明斬刃……。

左近は必死に叫び、渾身《こんしん》の力を込めて無明刀を横薙に閃かせた。

飛び退いて躱した女が、三本の鉤爪を構えた。

三本の鉤爪……。

見覚えがあった。桜が咲いた頃、鉄砲洲波除稲荷の境内で、左近に襲いかかってきた女忍びが使った得物だった。

あの時の女忍び……。

「左近、湯殿山の弁天が、殺された恨みを晴らす……」

羽黒の仏の声がした。

湯殿山の弁天……。

湯殿山は、羽黒山や月山と並ぶ出羽三山の一つだ。

おそらく湯殿山の弁天は、出羽忍びの総帥羽黒の仏の命令で、左近の腕を知るために襲い、無残に自爆して果てた。

今、羽黒の仏は、催眠の術の中で湯殿山の弁天を蘇らせて、左近を殺そうとしていた。

湯殿山の弁天は、三本の鉤爪を振るった。三本の鉤爪は、細かい泡の尾を曳いて襲い掛かり、左近の着物を引き裂いた。

所詮、催眠の術が作った幻……。

左近は、無明刀を真向から斬り下げた。

湯殿山の弁天の幻が、水と共に斬り裂かれ、砕け散って輝いた。

左近は滝壺から飛び出した。

羽黒の仏が、頭上から忍び刀をかざして襲いかかってきた。

無明刀が煌めいた。

刀の打ち合う甲高い音が、滝の轟音を貫いた。次の瞬間、左近と羽黒の仏は、渓流沿いの岩場を疾走し、飛び交いながら激しく斬り結び始めた。

すでに小細工は効かない。己の肉体と五感を駆使し、力の限り闘うしかないのだ。

左近と羽黒の仏は、風のように疾走しながら闘った。刀の闇を斬る音が、強く短く幾つも鳴った。

二人の駆け抜けた跡には、血の匂いが渦を巻いて漂っていた。

左近と羽黒の仏は、手傷を負いながらも飽くことなく闘い続けた。

激しく闘いながら、どれほど闇を疾走しただろう……。

無明刀の閃きが、左近を誘った。

すでに左近は、手傷の痛みも闘いの疲れも感じていない。身体中が熱く燃え、宙に浮いているような感覚に浸っていた。

闘いに酔っている……。

左近は、冷静に己を分析していた。

意外だ……。

左近は押しては引き、引いては押してくる。

加納大介の時のように猛然と攻撃してくるのではなく、自然体で冷静に闘っている。

まるで別人だ……。

羽黒の仏は、少なからず戸惑い、近づく夜明けに焦りを覚えた。

闇が薄れ、秩父連山が黒い影を見せ始めた。

夜が明ける。

決着をつけなければならぬ時だ……。

羽黒の仏は、ゆるやかな川の流れの傍に広がる岩場で左近を待った。

追ってきた左近は、広い岩場の端に現れて羽黒の仏と対峙した。

ゆるやかな川の流れに音はなく、岩場は夜明けの静寂に包まれている。

羽黒の仏は、忍び刀を右手に提げ、左近を見つめて殺気を放っていた。

左近は、羽黒の仏の出方を窺った。

羽黒の仏は、いきなり殺気を消し、微笑みを投げ掛けた。刹那、羽黒の仏の両眼が、金色になって輝いた。

催眠の術だ……。

咄嗟に左近は、両眼を閉じた。

羽黒の仏の金色に輝く眼を見てはならない。見れば、一瞬にして催眠の術に掛かってしまう。左近は眼を閉じて闘うしかない。

閉じた眼を開けてやる……。

羽黒の仏は、左近に手裏剣を連射した。手裏剣が、風を切って次々と左近に襲い掛かった。

動いて躱すには、眼を開けなければならない。だが、眼を開ければ、羽黒の仏の催眠の術に陥る。

このままで、手裏剣を躱すしかない……。

眼を閉じた左近は、僅かに身体を動かして手裏剣を見切り、無明刀で打ち落とした。だが、それには限界がある。幾つかの手裏剣が、左近の着物を斬り裂き、腕や胸の肉を鋭く削いだ。

左近は必死に耐えた。

眼を開けぬなら、それもいい……。

羽黒の仏は決断した。手裏剣を連射しながら、音もなく滑るように左近に向かい走った。

左近は、飛来する手裏剣の風が、大きく揺れたのに気付いた。

羽黒の仏がくる……。

左近は飛来する手裏剣を無視し、無明刀を大きく上段に構えた。

天衣無縫の構えだった。

飛来した手裏剣が、隙だらけの左近の左の太股に突き刺さった。激痛が、左近を貫いた。思わず眼を開けそうになった。必死に堪えた。

手裏剣に倒されるか、無明刀の一撃を与えられるか……。

左近は傷だらけの身体で必死に耐え、羽黒の仏が間合いに入るのを待った。

手裏剣が左近の脇腹を抉《えぐ》った時、風の唸りが渦を巻いて間合いに飛び込んできた。

羽黒の仏だ……。

「無明斬刃……」

斬り下ろされた無明刀が、浮かびあがった朝日に瞬き、羽黒の仏の忍び刀と交錯した。

羽黒の仏は、左近の傍を駆け抜けて止まり、素早く振り返った。

左近は、糸を切られた操り人形のように膝をついた。元結《もとゆい》を斬られた髪は乱れ、肩からは血が滴り落ちていた。

羽黒の仏は、嘲笑を浮かべて両眼の金色の輝きを消した。次の瞬間、羽黒の仏の眉間から顎にかけて血が滲みだし、一気に噴き出して顔を二つに断ち割った。

羽黒の仏は、ゆっくりと横倒しに崩れ、絶命した。

勝った……。

溜め息が大きく洩れ、肩が激しく上下した。

剣は瞬速……。

左近の無明刀は、羽黒の仏の忍び刀より僅かに速く斬り下げられたのだ。

左近は懸命に立ち上がった。

血に塗れ、斬り裂かれた着物が、手足にまとわりついた。左近は着物を脱ぎ棄て、下帯一本になり、傷だらけの身体を引きずるように歩き始めた。

何も彼もが終わった……。

広い岩場の下をゆるやかに流れる川は、朝日を浴びて輝き始めていた。

左近は失った記憶を辿《たど》った。だが、記憶は断片的に戻っただけで、ほとんどは白紙のままだった。失った記憶は、羽黒の仏との激闘にも関わらず、蘇らなかった。

左近は血を滴らせ、よろめきながら歩いて岩場を降りた。そして川に入り、身体にまとわりつく血を洗い落とした。傍らに小舟が繋がれていた。

江戸に帰ろう……。

左近は傷だらけの身体を小舟に乗せ、艫綱《ともづな》を外した。小舟は左近を乗せ、ゆっくりと川の中央に流れでた。

鉄砲洲波除稲荷に帰ろう……。

船底に身体を横たえた左近は、無明刀を握り締めて静かに眼を瞑った。

左近を乗せた小舟は流れに乗り、緑に溢れた秩父の山々を縫って流れる荒川を下り始めた。

エピローグ

船頭のいない小舟は、中洲で二つに分かれる流れに大きく傾き、隅田川に入った。尾久、千住……小舟は月明かりを浴びて、流れに揺られていく。

小舟の底には、下帯一本の左近が、傷だらけの身を横たえ、気を失っていた。汚れた顔に汗を浮かべ、元結の切れたざんばら髪に血を滲ませ、手に無明刀を固く握り締めて……。

小舟は月光にきらめく隅田川を、ゆっくりと下っていった。

夏の風が、左近の頬を撫でて吹き抜けた。

左近は眼を覚ました。

眼の上に大きな橋桁《はしげた》があった。左近は身を起こし、岸辺を見廻した。右手の後ろに立ち昇る煙が幾つか見えた。

今戸焼きの煙……。

左近を乗せた小舟は、すでに今戸を過ぎて吾妻《あずま》橋を潜ったところだった。

「吾妻橋……」

江戸だ……。

左近は懐かしさを覚えた。

それは、秩父では決して味わわなかった感覚だった。

結局、左近は失った記憶を取り戻せなかったのだ。記憶を取り戻せない限り、自分は秩父忍びの加納大介ではなく、公事宿巴屋の出入物吟味人、日暮左近なのだ。

日暮左近……。

失った記憶は、加納大介という名と共に棄て去ればいい。

左近は流れる小舟に身を任せ、夏の隅田川を下った。

去年、公事宿巴屋彦兵衛に発見された時も、きっと同じような状態だったのだろう。その時、日暮左近は誕生したのだ。

小舟は両国橋を潜り、新大橋、永代《えいたい》橋に向かって流れていく。その先には、江戸湊が広がっている。

新大橋を潜った頃、潮の匂いが漂ってきた。

懐かしい香りだった。

右手に行けば三ツ俣であり、主の彦兵衛やおりん、房吉がいる公事宿巴屋にいく掘割がある。だが、左近は三ツ俣に行かず、江戸湊に向かった。

海……。

広い海が見たかった。

永代橋を過ぎたところで、左近は無明刀を背に結びつけて海に飛び込んだ。向かう先は、鉄砲洲波除稲荷だ。

左近は、海の感触を楽しむようにゆっくりと泳いだ。

江戸湊の海水は、傷だらけの身体に心地好く染み込んだ。

鉄砲洲波除稲荷裏の巴屋の寮は、訪れる者もいなく静かだった。

左近は眠り続けた。

巴屋の寮に帰り着いた左近は、左の太股や脇腹などの傷を自分で手当てをして、眠りに落ちた。

切れぎれに目覚めた時、陽炎の顔が浮かんでは消えた。

その後、陽炎がどうしたのかは分からない。おそらく、お館の秩父幻斎や薬師の久蔵たちと、秩父忍びを守り続けていくのだろう。

いつか又、必ず逢う時がくる……。

左近は夢うつつの状態で、浮かんでは消える陽炎に告げた。

おりんの悲鳴で目覚めたのは、三日が過ぎた時だった。

悲鳴は二度あがった。

一度目は左近が死んでいると思い、二度目は生きているのに喜んでの悲鳴だった。

彦兵衛が、慌ただしく駆け付けてきた。

左近は秩父での顚末を話した。そして、失った記憶が戻らなかったことと、棄てたことを告げた。

「本当に棄てていいのですか……」

彦兵衛が、心配げに左近の顔を覗いた。

「私は日暮左近です……」

左近は微笑んだ。

彦兵衛とおりんが、ほっとした吐息を洩らした。

酒宴になった。

房吉は、小田原にいるお絹の元に行っていた。どうやら房吉は、立ち直ったようだ。

左近は確信していた。

房吉がお絹を連れて帰り、明るい笑顔を見せるのを……。

江戸湊の潮騒が、夜が更《ふ》けると共に響き渡ってきた。

五年後、水野出羽守忠成は、老中を罷免され、間を置かず死んだ。公儀への届け出では、病死となっている。だが、老中を罷免《ひめん》された影武者に最早用はない。

土方縫殿助が、始末したのに違いなかった。

勿論、左近や彦兵衛たちが、五年後のことを知る筈もない。


日暮左近は、鉄砲洲波除稲荷の境内に佇み、夏の日差しを浴びて海を眺めていた。

江戸湊は何処までも青く、千石船《せんごくぶね》の白帆が眩しかった。様々な艀《はしけ》が、荷物を積み替えて忙しく行き交っている。長閑な眺めだった。

やがて左近は、境内を後にして稲荷橋を渡り、八丁堀沿いの道を江戸の街に向かった。

公事宿巴屋出入吟味人の日暮左近として、公事訴訟の裏に秘められている事件を探り、真実を突き止めるために……。

鉄砲洲波除稲荷の境内には、江戸湊からの潮風が静かに吹き抜けていた。

廣済堂文庫　二〇一〇年二月刊

光文社文庫

長編時代小説
出《で》入《いり》物《もの》吟《ぎん》味《み》人《にん》　日《ひ》暮《ぐらし》左《さ》近《こん》事《じ》件《けん》帖《ちょう》

著　者　藤《ふじ》　井《い》　邦《くに》　夫《お》

2018年10月20日　初版1刷発行

発行者　鈴　木　広　和
印　刷　萩　原　印　刷
製　本　フォーネット社

発行所　株式会社　光　文　社
〒112-8011　東京都文京区音羽1-16-6
電話（03）5395-8149　編　集　部
8116　書籍販売部
8125　業　務　部

ISBN978-4-334-77742-5　Printed in Japan

組版　萩原印刷